김원일의 '마당깊은 집'을 찾아가는 발걸음

김원일의 '마당깊은 집'을 찾아가는 발걸음

2002년 4월 3일 1판 1쇄 인쇄 / 2002년 4월 10일 1판 1쇄 발행

지은이 박진숙 외 / 펴낸이 임은주
펴낸곳 도서출판 청동거울 / 출판등록 1998년 5월 14일 제13-532호
주소 (135-080) 서울 강남구 역삼동 832-52 상봉빌딩 301호 / 전화 02-564-1091~2
팩스 02-569-9889 / 전자우편 cheong21@freechal.com

편집장 조태림 / 편집 조은정 / 북디자인 우성남 / 영업관리 정재훈

값 7,000원

잘못된 책은 바꾸어 드립니다.

First published in Korea in 2002
by CHEONGDONGKEOWOOL Publishing Co.
Printed in Korea.

ISBN 89-88286-65-0
ISBN 89-88286-58-8(세트)

마당발,

김원일의 '마당깊은 집'을 찾아가는 발걸음

청동거울

차례

044 방담

'마당깊은 집'을 찾아가는 발걸음

박진숙 김수복 박덕규 강상대
한원균 조태봉 김수이 최화성

—이 소설을 처음 읽는 사람도 있고, 오래 전부터 여러 차례 읽은 사람도 있다. 읽고 났을 때의 느낌부터 얘기해 보자.

—어쩌면 이렇게 꼼꼼하게 기억해서 쓸까 싶은 대목이 많은데……

—이 소설에서 가장 인상 깊은 대목을 지적해 본다면……

—'더러운 세월'에 겪은 '비참한 가난'을 묘사하고 있는 셈인데, 그럼에도 이 소설이 따뜻한 추억과 향수어린 세계로 느껴지는 이유에 대해 설명해 본다면……

—이 소설에서 어머니의 아들에 대한 가혹한 훈도를 어떻게 이해해야 할까?

—이번 '마당발' 기행에 참여한 사람 중에는 소설 무대가 되는 대구에 첫 나들이를 한 사람도 있다. 실제 와보니까 어떤가?

—이 소설을 다시 드라마로 만든다면?

—이 소설에서 동화 모티프를 얻은 동화작가로서 한 마디……

—『마당깊은 집』의 소설어사전을 정리하면서……

—이 소설은 의외로 '총체성'을 지닌 소설이다. 말하자면 이 소설에 대해 평론을 쓰기가 쉽지 않다. 평론을 써 온 경력에서 한마디씩……

—문학답사 여행이란 형식에 대해 한마디씩……

— '마당발' 현지 방담 중에서

김원일의 '마당깊은 집'을
찾아가는 발걸음

〈김원일의 '마당깊은 집'을 찾아가는 발걸음〉을 내딛기까지

박덕규

1

제가 김원일 선생의 『마당깊은 집』을 처음 읽은 것은 1988년 11월이었습니다. 이 책의 초판본 발행일이 그해 11월 1일로 되어 있지요. 저는 그 무렵 『출판저널』의 청탁을 받아 이 책에 대한 여덟 장짜리 짧은 서평을 써서 실은 바 있습니다. 그 서평에서 제가 특히 주목했던 것은, 소년기를 지나고 있는 '나'와, 그 소년기를 반추하고 있는 어른인 '나'와의 관련이었습니다. 즉, '체험하는 나'와 '서술하는 나'의 관련 속에서 이 소설이 뚜렷하게 자리하게 되었다고 본 것입니다. 아시다시피 이 소설은 6·25 직후 편모 슬하의 장남으로서의 가난한 성장 체험을 다루고 있습니다. 6·25를 체험하는 소년이라면 우리는 김승옥의 「건(乾)」이라든가, 윤흥길의 「황혼의 집」「장마」 등, 또 김원일의 「어둠의 혼」, 이동하의 「장난감 도시」 들에다 김용성의 『도둑일기』나 김성동의 초기 단편들에서 쉽게 만날 수 있었지요. 내용상에서 보면 『마당깊은 집』의 소년 체험은 여기에 좌익 아버지의 부재로 인한 '편모 슬하의 장남'이라는 의식이 남달리 짙게 투영됩니다. 아버지는 좌익으로 집을 떠났고, 그 자리를 대신하고 있는 어머니에 의해 혹독한 장남 교육을 받으며 성장한다……. 이런 이야기 안에는 벌써 아버지의 사상성 문제로 생기는 '시대적 문제'가 자리하게 되고, 이어 아버지의 부재로 생겨난 가난이라는, 사회 문제일 수도 있고 실존적 주제를 불러일으킬 수도 있는 문제가 개입되게 마련이지요. 또, 그런 가운데서 집안에서 아버지 역할을 대신할 사내로 성장해야 한다는, 어머니에 의해 현실적으로 강력하게 요구되는 가부장제 전통의 억압이라는 문제가 얹어집니다. 이렇듯, 『마당깊은 집』의 소년 체험에는 세 가지 색깔의 의식이 채색되어 있습니다.

그런데, 그것을 경험하는 사람은 아직 소년, 구체적으로 작중 나이로 쳐서 초등학교를 졸업하고 중학교에 들어가야 할 십대 전반의 소년입니다. 이 소년으로서는 세 가지 색깔의 의식 중에서 겨우 가난 문제만 현실적으로 피부에 와닿을까, 다른 문제에 대해서는 명료한 인식으로 대처할 수 없습니다(특히 어머니의 '강한 장남 되기' 요구에 대해서는 자포자기한 상태입니다. 어서 빨리 늙어 버렸으면 좋겠다고 생각했다는 고백이 작중에 나오지요). 6·25 시대를 겪어내는 소년으로서는 어쩔 수 없는 한계일 것입니다. 이해할 수 없는 전쟁, 가족의 죽음과 이산, 가난에 직면해 있는 소년 화자에 의해 서술되는 우리 나라 6·25 체험 소설들은 대개 그런 한계 위에서 전개됩니다. 그 한계를 극복하려는 노력에서 역시 김원일의 『노을』이나 전상국의 「아베의 가족」, 현기영의 「순이삼촌」 들을 비롯한 일명 '귀향형 소설'이 또한 꽃을 피우게 되었다고 볼 수 있습니다. 소년 시절을 그만큼 객관화할 수 있는 지점을 만들었기 때문입니다. 그럼, 실제로 고향을 방문한다는 의미의 '귀향'을 택하고 있지 않은 『마당깊은 집』은 어떤 소설이냐 하면, 소년 체험을 내세우되 소년 화자에 머물지 않고 어른 화자의 자리를 표나게 설정해서, 자신의 어린 시절을 반추하게 할 뿐 아니라, 어린 시절에 답을 구하지 못하고 넘겨 둔 일들에 대해서도 두루 살펴보고 설명하고 있습니다. 예를 들어 평양댁 아들 정태씨가 월북하려다 체포되어 비전향 장기수로 살고 있다는 후일담식 얘기가 자연스러울 수 있는 것은 바로 어른 화자의 개입이 그만큼 손쉬웠기 때문입니다. 아니 그보다는, 어른 화자가 설정되어 있기 때문에, 소년 길남이가 직접 몸으로 부딪쳐 간 일들이 세밀화를 그리듯 세세하게 묘사되어도 무리가 없고, 또 어린 그의 행동과 사고에 대해 묘사할 때 놀랄 만큼 균형감각이 잘 유지되어도 역시 무리가 없다는 점에 더 의의를 두어야 할 것 같습니다. 직접 체험하는 소년 화자와 그것에 객관성을 부여하는 어른 화자의 관계가 이 소설의 새로움이요, 한국 6·25 체험 소설의 새로운 경지다라는 것이 제 생각이었습니다.

물론, 짧은 서평에 이처럼 장황한 말이 다 써졌을 리는 없습니다만, 초판본의 해설로 쓰인 문학평론가 김주연 교수의 평론(「모자 관계의 소외/동화의 구조」)에서 이 소설이 "6·25 이후 50년대초의 현실을 놀라운 기억으로 재생해내면서 치밀한 객관성을 확보해 가는 한편, 추억을 통한 소년의 시점을 시종 유지해 나감으로써 풍성한 서정성을 얻고 있다"고 하면서, "서정성과 객관성을 함께 획득하는 서정적 리얼리즘의 경지에 들어서고 있다"는 평을 했는데, 저는 그 경지가 소년 체험에 대한 소년 화자와, 그것에 개입되는 어른 화자의 공존이라는 구조적인 힘에서 얻어진 바 크다고 말해 본 셈입니다(『마당깊은 집』 재판에 추가된 문학평론가 우찬제 교수의 해설 「타자화된 자아의 글쓰기」에 저의 이와 같은 관점과 접합되는 부분이 있더군요).

어떻든, 이것이 저의 『마당깊은 집』에 대한 처음의 비평적 제안이었습니다.

2

6·25 체험과 소설을 연관지을 때 김원일 선생의 소설을 거명하지 않을 수 없는 것이 한국문학사의 현실인데, 중단편 「어둠의 혼」 「미망」 「환멸을 찾아서」로 이어 가는 세계가 그렇고, 장편 『노을』 『겨울 골짜기』 『마당깊은 집』 『불의 제전』으로 이어 가는 세계가 또한 그렇습니다. 이 밖에 어떤 사람은 현대사의 질곡을 거쳐 온 한 노인의 참회와 죽음의 과정을 그리고 있는 『바람과 강』을 결코 뺄 수 없는 작품이라 치고 있고(김원일 선생의 회갑에 맞추어 출간된 『김원일 깊이 읽기』의 엮은이 권오룡 교수는 작가와 가진 대담에서 김원일 선생을 "『노을』이나 『불의 제전』 작가 못지않게, 어쩌면 그 이상으로 『바람과 강』이나 『마당깊은 집』의 작가로 오래 기억되고 남을 것이라고 생각"한다고 밝히고 있군요), 또 어떤 사람은 일제 시대를 배경으로 인간 정신의 정점을 향해 온몸으로 정진하게 된 한 비천한 인간의 성장사를 다룬 『늘푸른 소나무』를 가장 높게 치기도 하고, 또 어떤 사람은 한국사회에서 살아 있는 예수상을 구현한 「마음의 감옥」을 손꼽기도 합니다. 저 역시 『마당깊은 집』 외에도 김원일 선생의 다른 작품에서도 길고 짧은 글로 제법 얘기를 많이 한 축에 속합니다. 물론 대부분은 비평으로서의 품격을 갖추고 있지 않아서 내세울 처지도 못 됩니다. 아쉽게도 근년의 최대 화제작이라고 평가받은 바 있는 선생의 연작소설 『슬픈 기억의 시간』(2001)을 두고 쓴 저의 리뷰 역

시 여덟 장짜리로군요. 또 이런 적도 있었습니다. 제가 쓴 시에 이런 대목이 있습니다.

> 고형은 어느새 노래를 흥얼거리고 있었다. 아아 산이 막혀……
> 나는 차마 따라 부를 수가 없었다. 환멸을 찾아서 얘기를 했으나
> 들었는지 어쨌는지, 고형은 노래를 바꾸어 불렀다. 한많은 대동강아……
> 수색, 왜 나는 그곳에만 하면 그토록 여지없이 주눅이 들까.
>
> —「수색에 지다 · 후편」(시집 『아름다운 사냥』, 1984)에서

'북한에도 나와 똑같은 형렬이가 살면서 시를 쓰고 있을 것'이라는 생각에서 특이한 '분단' 주제 시편을 빚어 놓던 고형렬 시인의 집에서 밤늦도록 소주잔을 기울이면서 내가 언급한 소설이 김원일의 「환멸을 찾아서」였습니다. 그 경험을 시로 쓴 그때가 1984년이었습니다. 월북한 아버지가 살아 있다면 이럴 수도 있겠다는 가정하에, 월북해서 늙어 간 한 지식인이 동해안 부근 요양소에서 지내면서 자신의 비망록을 동해 바다로 떠내려보낸 것을 속초 부근에 사는 한 무명시인이 찾아내 그 고향으로 전해 준다는, 얼마간 가상적인 기법이 동원된 이 소설이, '조국 분단과 문학'의 관계를 어떻게 이해해야 할지 고심하던 저에게 하나의 새로운 가능성으로 다가왔던 것입니다(「환멸을 찾아서」는 1983년작입니다. 김원일 선생은 1998년 실제 아버지의 소식을 듣게 되는데, 그 아버지는 놀랍게도 북한에서 남로당 숙청 작업 때 몰락의 길을 걷다가 1976년, 마치 소설에서처럼 동해안 부근 요양소에서 사망했다고 합니다). 이렇듯, 다른 작품들도 하나둘 거론하기 시작하다 보면 끝이 없어질 겁니다. 특히 단편 「어둠의 혼」 이후의

越北 부친 최후… 소설과 흡사

金源一씨 「환멸을 찾아서」

숙청뒤 요양소 사망 일치

분단시대 상처를 주로 다루어온 소설가 김원일(金源一·56)씨가 6·25때 월북한 부친 생사를 48년만에 확인하면서 부친 말년이 자신의 소설 「환멸을 찾아서」와 너무나 흡사했다는 것에 놀랐다. 김씨는 최근 북한을 다녀온 한 언론인을 통해 남로당 간부였던 부친이 월북이후 태백산맥 빨치산 지휘관, 남북포로교환 협상단 대표 등을 거쳐 남로당 숙청 이후 몰락했다가 지난 76년 동해안 부근 요양소에서 사망했다는 상세한 기록을 전해들었다.

7살이던 50년 9·28 수복때 서울에서 헤어진 뒤 처음으로 부친 소식을 들은 것. 하지만 묘하게도 그가 부친 생사조차 모르던 지난 83년 발표한 소설과 부친 말년이 디테일을 제외하곤 일치했다. 소설 「환멸을 찾아서」의 주인공은 월북한 뒤 「남조선 혁명」을 위해 활동하다가 끝내 북한 정권에서 밀려나 바닷가 요양소에서 숨을 거둔다.

김씨는 오는 10월20일 대하소설 「불의 제전」으로 이산(怡山)문학상을 받는다. 「불의 제전」은 월북한 부친을 모델로 삼아 작가의 고향인 경남 진영을 무대로 벌어진 좌우 이데올로기 갈등을 그린 소설이다. 작가는 『그동안 궁금했던 아버지 소식을 알았으니까 이제 분단 시대 우리 가족사를 그리는 소설을 더 이상 안쓸 것 같다』고 말했다. 지난 4일 동생인 작가 김원우씨가 동서문학상을 받았다. 이날 밤 동료 문인들과 어울린 뒤풀이 자리에서 두 형제 작가는 유난히 대취했다.

<朴海鉉기자·hhpark@chosun.com>

조선일보, 1998년 9월 8일.

김원일의 작품 중에는 퇴작이 한 편도 없다고들 얘기될 정도가 아닙니까.

그런 중에도 저는 뭐니뭐니 해도 『마당깊은 집』을 얘기하지 않을 수 없다고 생각했습니다. 저는 지금까지 여러 차례 이 소설을 읽어오면서 이 소설의 홍보위원임을 혼자서 자처하기도 했습니다. 한국이 IMF를 맞은 직후에 김원일 선생과 간단한 인터뷰를 해서 얻은 글(「대구, 마당깊은 집, 김원일」, 『생각과느낌』, 1998. 4.)에서 저는 제가 이 작품의 자칭 홍보위원이 된 까닭을 아래와 같이 쓰고 그 무렵 작가가 신문에 쓴 짧은 에세이 중에서 몇 줄을 인용하기도 했습니다.

> 무엇보다 이 소설은 이웃과 어울려 한 시대를 살아가는 가족의 모습이 생생하게 그려져 있다. 아버지 없는 집안에서 가족의 생계를 위해 바느질로 생업을 하는 어머니와, 장차 그 집안을 짊어지고 나가 가문을 부흥시켜야 할 맏아들, 그리고 그 누나와 동생들로 구성된 주인공 일가뿐 아니라 그 가족들과 함께 셋방살이를 하고 있는 이웃들, 그 집주인 식구들, 그들 가족들을 방문하는 또 무수한 사람들……. 이 소설은 '마당깊은 집'이라는 좁은 공간을 배경으로 하고 있지만, 그 다양한 인물들을 통해 인간이 지닐 수 있는 지극히 다양한 모습을 총체적으로 보여주고 있는 소설이다. 그것이, 동란 직후의 가난과 혼란의 사회상, 우리 사회의 뿌리 깊은 가부장의식(장자의식), 개인의 기본권리를 침해하게 된 분단 이데올로기의 만연 등등의 문제적인 내용과 어우러지면서 아기자기하면서도 진지한 생각을 요하는 재미있는 소설로 독자들에게 충분히 쉽게 다가갈 수 있게 되었다고 나는 믿는다.

좀더 나아가면 이 소설은 지금 시대에도 대단히 교훈적인 내용이다. 자본주의의 중심이 되었거니 했건만 어느새 자본주의의 변두리인이요, 뜨내기일 수도 있게 된 바로 지금의 우리 현실을 이미 동란 직후에 한 가족(주인공이 세들어 사는 주인집 일가)의 자본주의화 과정을 통해 보여주고 있다. 이 점에서 선생이 이 작품에 대해 최근 한 일간지에 해놓은 고백을 들어봄직하다.

전쟁 뒤끝 54년, 모두가 어렵게 살 때 우리 가족 역시 단칸 셋방에서 힘들게 그 세월을 넘겼다. 대구에서 실제 마당이 깊은 집 아래채에 세들어 살았으나, 그 소설 속의 피난민 여러 가구가 다 함께 살지는 않았다. 대구 중심가 한 동네서 대여섯 차례 셋방을 옮겨 다닐 동안 만났던 피난민 일가들을 마당깊은 집에 함께 쓸어 넣었던 것이다.

하루 세 끼 먹기가 그렇게 힘들었던 가난한 시절이었지만 지금에 와서 돌이켜보면 그 가난한 이웃들이 이른 봄 들녘의 보리처럼 싱그럽게 떠오른다.

IMF를 당하기 전 방만했던 한 시절, 우리는 50년대의 그 힘겹던 살아남음을 너무 쉽게 망각하지나 않았는지……. (조선일보, 1998. 3. 3.)

당시 인터뷰에서는 6·25 때와 같은 가난이 다시 온다면 6·25 후의 가난을 체험해 본 사람들은 견뎌낼 수 있지만 아마도 전후 세대는 절대로 견디지 못할 것이라는 얘기도 했습니다. 선생은 1958년생인 저를 6·25 후의 가난을 체험한 사람으로 대충 봐주었지만, 저는 실은 속으로 영 자신이 없었고 지금 역시 그랬습니다. 그러고 보니, 1988년 처음 『마당깊은 집』을 접했을 때와 1998년 IMF 구제금융기(실제로는 1997년말부터이지요)에 이르렀을 때에 쓴 평이 차이가 나는 것 같기도 하군요. 1988년이면, 전후의 가난에서 훌쩍 벗어나 어느새 가난이 그리워지기까지 한 때라면(실제로 이번 '마당발' 여행 중에 있었던 방담 중에 방송작가 박진숙 선생이 그렇게 표현했지요), 1998년은 까맣게 잊고 있던 가난이 어느 날 전혀 다른 형태로 다시 맞닥뜨린 때라고나 할까요. 그러니 소설 『마당깊은 집』에서 말한 가난은 이후 50년 세월을 지나면서 한편으로는 그리움의 가난이 되기도 하고 한편으로는 우려되는 거울로서의 가난이기도 한 것 같습니다.

3

그 십 년 사이, 『마당깊은 집』은 1990년 텔레비전 드라마로 제작되어 8부작 미니시리즈로 방영되면서 상당한 화제를 불러모으기도 했습니다. 김원일 선생의 기억으로는 그 드라마 방영 덕분으로 그 무렵 3~4만 부가 팔려 나갔다고 합니다. 1997년 9월 10일에 29쇄를 찍은 이후, 판을 바꾸어낸 것이 1998년 8월 29일입니다. 2002년 1월 30일 현재 재판 5쇄를 발간한 상태입니다. 김원일 선생의 저작으로는 보기 드물게 '롱런 중'인 소설책인 셈인데요, 팔리고 팔리지 않고에 의미 부여를 할 필요가 없는 경우가 있는가 하면,

저는 『마당깊은 집』의 '스테디셀러화'에는 나름대로 의미 있는 이유가 있다고 봅니다.

저는 이번 책을 내게 되는 출판사에서 지난해 3월 몇몇 필자분들과 함께한 기행에 동참하고 돌아오는 길에 "내년에는 대구 일대로 안내하겠다"고 공언한 바 있었습니다. 그때 머릿속에 『마당깊은 집』을 떠올리고 있었습니다. 동시에, 그 전 해에 문학평론가 김수이 씨가 어느 출판잡지에 기고한 『마당깊은 집』에 대한 글 중에 자신의 많은 '책 애인' 중에 십 년도 넘게 사귄 애인도 있는데, 그 "빈궁한 애인"이 김원일의 『마당깊은 집』이라고 쓴 것을 기억해낸 것 같은데, 그래도 그때까지는 『마당깊은 집』을 대상으로 한 한 권의 책을 낼 생각까지는 아니었던 것 같습니다. 이번 책을 내려고 마음먹게 된 것은, 타지 출신 사람들을 인도해서 '마당깊은 집' 일대를 중심으로 대구 문화기행을 떠나 보면 어떨까 하는 생각을 대구에서 발행되는 일간지 영남일보에 한 편 에세이로 써서 기고하고 나서, 미처 『마당깊은 집』을 읽지 않은 주위 사람들에게 권독하게 되면서였습니다. 6·25 이후의 가난을 짐작 못할 세대들이 읽은 『마당깊은 집』에 대한 소감이 "겪지 못한 일인데 눈앞에 생생하게 잡히는 듯하다"는 것이라면, 이건 뭔가 오랜 세월을 두고 읽을 만한 이유가 분명 있음일 테지요. 실제로 이번 모임에서 가장 어린 최화성 씨의 독후감도 그랬지요. 김원일 선생과의 인터뷰를 담당하기로 하고 다시 이 소설을 정독하게 된 한원균 씨의 평 역시 그랬습니다.

자, 〈김원일의 '마당깊은 집'을 찾아가는 발걸음〉이라는, 일명 '마당발' 모임을 구성해서 실제로 '마당깊은 집' 일대를 답사하면서 취재하고 방담한 내용을 중심으로 한 권의 책을 엮어 보겠다는 취지를 다시 설명해 보겠습니다.

▲일단, 위에서 말한 대로, 소설 『마당깊은 집』은 크게 소문이 나지는 않았지만, 해가 가도 변하지 않고 많은 독자를 얻어 온 작품이며 앞으로도 그럴 것이라는 점에서, 우리 같은 좀 뜻깊은 애독자들이 한자리에 모여 '애독한 내용'을 집약적으로 내보여 더 많은 사람들이 이 소설을 다각적으로 읽을 수 있는 통로를 만들어 일독, 재독을 권하는 일이 기왕에 하는 문학 감상의 보다 지성적이고 생산적인 행동이라 생각했습니다.

▲게다가 이 작품은 한국소설사에서, 김원일이라는 빼놓을 수 없는 작가에 의한, 빼놓을 수 없는 핵심주제인 '분단 문제'를 비롯, 가난, 장자의식 등의 중후한 주제를 거느리면서 동시에 독자들을 향수와 추억과 동심에 젖게 할 만한 서정성을 내뿜고 있어, 소설 읽기를 조금이라도 즐겨 본 사람이라면 누구나 그리 어렵지 않게 교훈과 위안을 얻을 수 있을 것이라 생각했습니다. 우리는, 교과서를 통해 의무적으로 읽어서 아는 '전국민적인' 단편소설이나, 문화계나 언론의 전폭적인 지원 아래 폭넓은 서사성에 목마른 독자들의 사랑을 받게 되는 화제의 대하소설 외에, 다소 단출한 듯하면서도 의외로 내용도 풍성한 수준 있는 장편소설 몇 편쯤을 말 그대로 '국민소설'로 가져야겠다는 생각입니다. 그런 국민소설의 앞 순위에 『마당깊은 집』을 먼저 올려 놓아도 전혀 손색이 없다는 것이지요.

▲그 다음으로, 우리가 기념할 명작들이 지극히 제한적이고 나아가 답사할 문학기행지 또한 그 대상에 있어 '교과서 중심적'이라는 사실에서부터, 좀더 살아 있는 문학의 고향, 더 미래지향적인

문학의 고향을 찾아 나선다는 의미를 가져야 할 것 같다는 생각을 담았습니다.

이런 취지를 살리면서 '마당깊은 집'을 찾아가는 발걸음을 함께 내딛을 사람으로는 여기 여덟 사람뿐 아니라 더 많은 분들이 있을 수 있겠지요. 아니, 이보다 더 적격인 사람들도 있을 것입니다. 어떻든 여기 여덟 사람은, 작가인 김원일 선생과, 또는 작품 『마당깊은 집』과, 또는 김원일 선생의 다른 작품들과 쌓아 온 크고 작은 인연을 존중하면서, 이번 취지에 동참했습니다. 김원일 선생과 사적인 만남이 깊은 분도 있고 엷은 분도 있으며, 또 김원일 선생의 성장지인 대구를 역시 성장지로 삼은 사람이 반, 대구가 초행인 사람이 반이었습니다. 그 여덟 사람이 각각 맡은 역할을 설명해 보면 이렇습니다.

박진숙 선생은 『마당깊은 집』을 드라마로 각색하면서 느낀 체험을 바탕삼아 말씀을 해주시기로 했고, 김수복 교수는 오랜 동안 다양한 문학기행을 한 체험을 이번 발걸음에 접목해서 길 안내를 맡기로 했으며, 저는 『마당깊은 집』을 왜, 지금 와서 더 깊이 읽고 찾아가야 하는가의 관점에 대해 주로 말하고 있는 중입니다.

강상대 교수는 『마당깊은 집』에서 구사된 사라져 가는 모국어의 쓰임에 대해 작은 소설어사전을 만들어 설명해 보기로 했고, 한원균 교수는 별도로 김원일 선생과의 대담기(대담 중에는 소설가 김완준 씨가 사진 촬영을 해주기도 했습니다)를 맡은 한편으로 비평가로서의 독후감을 써주기로 했습니다.

조태봉 씨는 동화작가로서 『마당깊은 집』이 제공하는 다양한 동화적 모티프로부터 한 편의 동화를 착상해서 쓰기로 했고, 김수이 씨는 『마당깊은 집』의 서정성과의 마음 깊은 만남에 대한 애독자로서의 비평적 소회를 피력해 보기로 했으며, 최화성 씨는 본받을 만한 한 편 소설을 꼼꼼히 읽는 훈련을 겸해 『마당깊은 집』 여러 등장인물들을 작중 주거 장소와 함께 도식화하면서 주인공에 대한 연표를 작성하기로 했습니다.

우리의 '마당발'은 2002년 3월 1일 아침 '청동거울' 사무실 앞에서 출발해서 대구 근교 팔공산 자락의 제2석굴암 부근에 이르러 일박을 하고, 이튿날 『마당깊은 집』의 실제 무대인 대구 장관동 일대를 둘러보는 일정으로 이어졌습니다(대구에서는 장옥관 시인의 도움을 받기도 했지요). '작품 한 편에 시달리면서 일박 이일을 보낸 적은 정말 없었다'는 우스갯소리도 끼워 넣으면서 말 그대로의 '방담'을 시도해 각자의 독후감들을 이끌어 보았는데, 이 책에는 실제 방담 내용을 일부 소개하는 한편으로, 발걸음을 마치고 돌아와 행한 이메일 교환으로 보다 정리된 방담을 주로 실었음을 밝힙니다. 마침 『마당깊은 집』의 작가 김원일 선생의 회갑(2002년 3월 15일)에 맞추어 출간할 수 있겠다는 자연스런 기대도 가져 보았으나 준비 과정에서 이런저런 자료를 수렴하느라 출간이 늦어졌습니다. 출간일이 다가오면서, 작품이 품은 고유한 품성과 가치를 훼손시키는 일이 되면 어쩌나 하는 염려도 없지 않고, 또 난삽한 이야기들로 공연히 부산을 떨고 있지 않나 생각도 들지만, 이런 유의 책이 흔치 않다는 '희소성'의 가치라도 붙들고, 자신의 한국소설에 대한 신뢰와 사랑에 대해 회의하는 독자들에게 작은 불빛 하나 던지는 마음이 되어 봅니다.

소설 『마당깊은 집』 연혁

1988년 발간된 『마당깊은 집』 초판본.

1988년 6~9월 계간 『문학과사회』에 장편소설 『마당깊은 집』 분재(700장 분량).

1988년 11월 1일 분재한 『마당깊은 집』을 개고하여 900장 분량으로 늘리고, 중편 「불망(不忘)」(후에 「잃어버린 시간」으로 개제) 「깨끗한 몸」 등을 보태 김원일 장편소설 『마당깊은 집』으로 첫 발간(문학과지성사). 문학평론가 김주연의 해설(「모자 관계의 소외/동화의 구조」)이 함께 실려 있음.

드라마 『마당깊은 집』의 한 장면.

1990년 1월 『마당깊은 집』을 원작으로 한 8부작 미니시리즈(MBC-TV)로 제작 방영. 그해의 백상예술대상에서 각색자 박진숙 작가가 극본상을, 연출자 장수봉 감독이 연출상을, 세트 감독이 세트상을, 그리고 길남이어머니 역을 맡았던 고두심 씨가 최우수연기상을, 어린 길남이 역을 맡았던 윤선빈이 아역상을 수상했다.

드라마 『마당깊은 집』 칸영화제 출품 당시 포스터.

1991년 드라마 『마당깊은 집』 칸영화제 텔레비전 마켓 부문 출품.

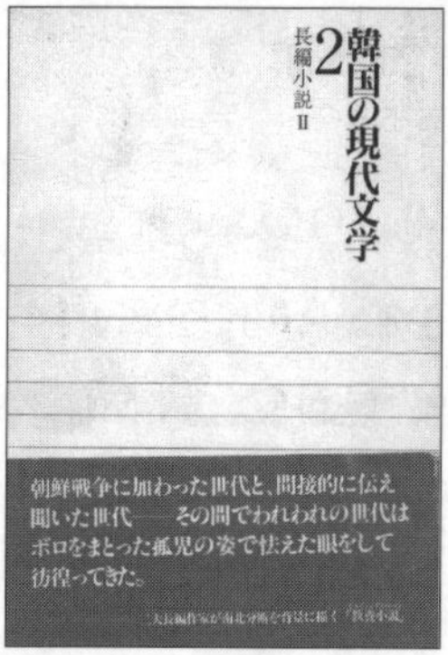

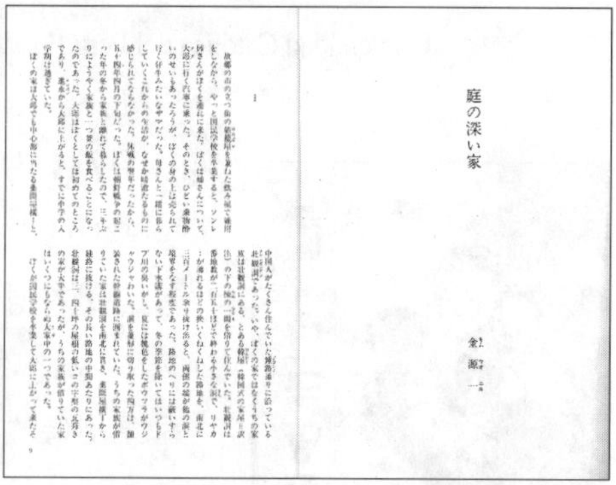

1992년 이문열 장편소설 『젊은 날의 초상』과 함께 일본어 번역판 (『庭の深い家』, 韓國の現代文學 第2卷, 長谷川由紀子 · 李銀澤 共譯, 拍書房)으로 출간.

1995년 프랑스어 번역판 『*La Maison dans la cour du bas*』 (traduit par J. Byon-Ziegelmeyer, Editions L'Harmattan) 출간,

스페인어 번역판『*La Casona de los patios*』(Hyesun Ko de Carranza/Francisco Javier Carranza, R. Partificia Universidad Catolica del Peru Fondo Editorial) 출간.

1997년 9월 10일 9쇄 발간(비공식적으로 30쇄 이상이었으리라 추측됨). 신가영의 만화로 그려져, '만화로 보는 한국명작소설'의 한 권으로 출간(금성출판사).

1998년 8월 29일 재판 1쇄본 출간. 함께 실려 있던「불망(不忘)」과「깨끗한 몸」을 빼는 대신,『마당깊은 집』의 일부를 개고하면서 원고량을 현재의 1000장 분량으로 늘림. 기존 김주연의 해설 외에 문학평론가 우찬제의 해설(「타자화된 자아의 글쓰기」)이 보태짐.

2000년 독일어 번역판『*Das*

Haus am tiefen Hof』 (Gwi-Bun Schibel-Yang/Wolfgang Schibel, Indicium, München) 출간.

2002년 1월 30일 현재 재판 5쇄 발행.

작가 김원일 연보

1942년(1세) 3월 15일(양력) 경남 김해시 진영읍 진영리 241번지에서 함창(咸昌) 김씨 부 김종표(金種杓), 경주(慶州) 김씨 모 김말선(金末善)의 3남 1녀 중 장남으로 출생.

1947년(6세) 진영 대창초등학교 입학. 아우 원수(필명: 원우) 출생.

1948년(7세) 3월 가족이 서울로 이주. 서울 영희초등학교 2학년에 편입.

1950년(9세) 4월 막내아우 원도 출생. 6월 한국전쟁 발발. 9월 연합군 서울 수복 때 부친만 단신 월북. 10, 11월 나머지 가족은 진영으로 귀향함.

1954년(13세) 진영 대창초등학교 졸업. 졸업 후, 1951년부터 가족이 먼저 와 터를 잡은 대구로 옴. 신문 배달, 병원 사환 등을 고등학교 2학년까지 계속함.

1957년(16세) 대구 수성중학교 졸업.

중학교 3학년 때 어머니와 함께한 대구 동촌유원지 나들이.

1960년(19세) 대구 농림고등학교(현 대구자연공학고등학교) 축산과 졸업. 서울 서라벌예술초급대학 문예창작과 입학. 4·19 학생혁명 발발.

1962년(21세) 서울 서라벌예술초급대학 문예창작과 졸업. 대구로 내려가 잡역부로 1년을 보냄.

1963년(22세) 청구대학(현 영남대학교) 국문과 편입. 9월 군입대, 66년 3월 만기 전역.

1966년(25세) 대구 매일신문 〈매일문학상〉 소설 공모에 단편소설「1961·알제리」당선.

1967년(26세) 『현대문학』 제1회 장편소설 공모에 『어둠의 축제』가 준당선. 경북 청도에서 이서중고등학교 국어 교사로 1년간 근무.

1968년(27세) 영남대학교 졸업. 3월 상경 출판사 '국민서관' 편집부 입사.

1971년(30세) 죽산(竹山) 전씨 전인숙(全仁淑)과 결혼.

결혼 초 가족(1971년).

1972년(31세) 딸 다영 출생.

1973년(32세) 첫 소설집 『어둠의 혼』 출간(국민서관).

1974년(33세) 아들 구영 출생. 현대문학상 수상.

1975년(34세) 막내아우 김원도(金源道) 25세로 작고, 유고시집 『김원도 시집』 출간(한국문학사). 장편 『어둠의 축제』 출간(예문관).

1976년(35세) 제2소설집 『오늘 부는 바람』 출간(문학과지성사).

1977년(36세) 문예진흥원 청탁으로 장편 『진토』 출간(동화출판공사판 전집 수록). 아우 원우 소설가로 데뷔.

1978년(37세) 장편 『노을』 출간(문학과지성사). 한국소설문학상 · 대한민국문학상 대통령상 수상.

1979년(38세) 제3소설집 『도요새에 관한 명상』 출간(홍성사). 한국일보문학상 수상. 〈작단〉 동인 결성, 『작단』 3집까지 발간.

1980년(39세) 66세로 어머니 고혈압 악화로 별세.

1982년(41세) 중앙대 문예창작학과에서 소설 창작 지도, 85년까지 계속.

1983년(42세) 미완의 장편 『불의 제전』 1 · 2권 출간(문학과지성사). 동인문학상 수상.

동인문학상 시상식장. 심사위원 선우휘/황순원/백철/김동리 선생 등과 함께 선 작가 부부(1983년).

1984년(43세) 제4소설집 『환멸을 찾아서』 출간(동서문화사).

1985년(44세) 18년간 근무했던 '국민서관' 퇴사. 소설 집필에만 전념. 장편 『바람과 강』 출간(문학과지성사), 영어 · 불어로 번역 출간됨. 어린이용 『한국전래동화집 3』 엮음(샘터).

1986년(45세) 서초동 집에 집필실 마련, 아우 원우와 3년간 함께 씀.

1987년(46세) 장편 『겨울 골짜기』 상 · 하권 출간(민음사), 일어로 번역 출간됨. 『진토』를 『깊은 골 큰 산』으로 재출간(작가정신). 요산문학상 수상.

1988년(47세) 장편 『마당깊은 집』 출간(문학과지성사), 불어 · 독어 · 스페인어 · 일어로 번역 출간됨.

1990년(49세) 이상문학상 수상. 『늘푸른 소나무』 1부 1·2권 출간(문학과지성사).

1991년(50세) 첫 산문집 『사랑하는 자는 괴로움을 안다』 출간(문이당).

1992년(51세) 제5소설집 『그곳에 이르는 먼 길』 출간(현대소설사). 일어로 번역 출간됨. 우경문화예술상 수상.

1993년(52세) 장편 『늘푸른 소나무』 전 9권 출간(문학과지성사). 제2산문집 『삶의 결, 살림의 길』 출간(세계사). 서라벌문학상 수상.

1994년(53세) 제3산문집 『마추피추로 가는 길』 출간(월간에세이).

1996년(55세) 장편 『아우라지로 가는 길』(『도시의 푸른 나무』 개제) 상·하권으로 출간(문학과지성사).

1997년(56세) 장편 『불의 제전』 전 7권 출간(문학과지성사). 데뷔 후 발표한 중단편 57편을 총정리, 개작을 거쳐 『김원일 중단편전집』 전 5권 출간(문이당). 대구 근교 달성군 가창면 정대리에 작업실 마련. 8월 타계 22주기를 맞는 막내아우 '김원도 시비'를 대구 가창면 정대리에 건립, 제막.

요절시인 김원도씨 詩碑
가창면 정대리서 제막식

요절한 시인 김원도씨의 시비가 지난 30일 대구시 달성군 가창면 정대리 고인의 맏형인 소설가 김원일씨의 집필실 앞마당에 동료문인들에 의해 세워졌다.

이날 제막식에는 시비건립추진위원장인 조기섭 전 대구대 총장을 비롯, 김원일·원우형제, 양시영 달성군수, 이창동·안효일·이기희·서영제씨 등 「주변문학」동인들, 이문열·심만수·구 활·도광의·이하석·구석본·이동순·박정남·문인수·이태수·정 훈·장옥관·엄원태·송재학·박희섭·엄창석·이연주·이채형·박지영·김재인·김복연·박덕규씨 등 문인들이 참석했다.

영남일보 (1997. 9. 1.)에 실린 김원도 시비 제막식 소식.

『김원도 시집』(1975. 10.)

1998년(57세) 장편 『사랑아, 길을 묻는다』 출간(문이당). 이산문학상 수상.

1999년(58세) 기독교문화대상 수상. 딸 다영 출가. 이듬해 외손자, 연년생으로 외손녀를 봄.

2000년(59세) 장편 『가족』 상 · 하권 출간(문이당). 제4산문집 『그림 속 나의 인생』 출간(열림원). 장편 『히로시마의 불꽃』 출간(문학과지성사).

2001년(60세) 연작 장편 『슬픈 시간의 기억』 출간(문학과지성사).

2002년(61세) 3월 회갑에 맞추어 장편 『늘푸른 소나무』를 전면 개작하여 장정본 전 3권으로 출간(이룸). 권오룡 엮음으로 회갑 기념집 『김원일 깊이 읽기』 출간(문학과지성사).

『김원일 깊이 읽기』(문학과지성사).

이 재봉틀은 실제로 작가의 어머니가 네 남매를 키우면서 쉴짬없이 사용하던 것이다. 현재 아우 김원우 작가 집에 보관되고 있다. 작가는 "낡은 싱거 재봉틀이야말로 전쟁의 상처 끝에 우리 식구를 살아남게 해준, 어머님의 분신이다"라고 말하고 있다.

재봉틀에 관한 일화 외 2편

재봉틀에 관한 일화

우리 집안에 낡은 재봉틀이 한 대 있다. 햇수로 따져 70년은 좋이 됐을 성싶다. 그 손재봉틀은 사용하지 않고 보관하다 우리 집안으로선 주요한 유물이기에 몇 해 전 동생에게 인계하여 아우네가 보관하고 있다. 물론 지금도 기름만 치면 사용할 수 있는 재봉틀이다. 내가 보관하고 있은 십 년 전쯤 재봉틀 판매 대리점에 수리를 맡겼다가, 새 재봉틀과 웃돈 없이 교환해 주겠다는 제의를 받기도 했다. 재봉틀 유물관에 보관할 만한 골동품적 값어치가 있으니 그런 제의를 했겠지만 나는 당연히 그 제의를 거절했다.

그 싱거 재봉틀은 어머님이 함창 김가 문중에 시집온 뒤 첫아들을 돌 전에 잃고 상심해 하자, 아버지가 사준 선물로 기억하고 있다. 당시로서는 도회지에 흔치 않은 '바느질하는 기계'라 시골 읍내에서는 보기 힘든 재봉틀이었다. 첫아들을 잃은 뒤 어머님은 누님을 낳았고 이어 내가 태어났다. 바느질 솜씨가 좋았던 어머님은 엔간한 옷을 모두 그 재봉틀로 손수 만드셨다. 속옷은 물론, 여자들의 조선옷, 심지어 중고등학교 다닐 때 내 교복조차 어머님이 감을 끊어 와 만들어 주셨다. 어머님은 본만 있다면 양복도 만들 수 있을 만큼 눈썰미와 침선 솜씨가 뛰어났다.

경남 김해 진영읍의 향리에 살던 우리 가족은 1949년 봄 서울로 이사를 갔다. 옷가지는 꾸려 가고 엔간한 가재도구는 기차 하물편으로 부쳤는데 재봉틀은 손상 우려 때문에 하물로 부치지를 못했다. 당시는 발재봉틀이어서 덩치가 제법 컸기 때문이다. 내 아래로 고향에서 아우가 태어나고 서울로 솔가한 이듬해 1950년 봄에 막내아우가 서울에서 태어났다. 어머님은 재봉틀을 고향집에 두고 온 것을 늘 아쉬워했다. 네 자식의 옷을 손바느질로 해 입힐 수밖에 없었기 때문이다.

1950년 초여름에 전쟁이 터졌다. 그해 가을 우리 가족은 아버지와 헤어져 고향으로 내려왔다. 거지 신세로 몸만 빠져 내려올 수밖에 없었다. 논밭 한 뙈기 없던 우리 식구는 고향에서 입살이조차 어려웠다.

"아이고, 이 재봉틀 서울로 가져갔다 카모 이고 내려오겠나 우짜겠노. 안 가져가기를 잘했제."

어머님 말씀대로 재봉틀을 고향에 두고 가기를 천만다행이었다. 어머님은 외가 친척붙이가 살던 대구로 거처를 옮기며 재봉틀의 발은 남겨 두고 몸통만 이고 갔다. 나는 고향의 먼 친척붙이 집에 맡겨 두고 훗날 데려가기로 했다. 1951년부터 대구에 정착한 우리 식구는 어머님의 바느질로 호구를 이었다.

나는 장편소설 『마당깊은 집』에서 어머님의 바느질 이야기를 거의 사실 그대로 썼다. 휴전 이듬해 1951년 고향에서 국민학교를 졸업하고 내가 대구로 갔을 때, 어머님은 단칸 셋방에서 재봉틀로 삯바느질을 하고 계셨다. 발재봉틀이 손재봉틀로 개조되어 손잡이를 돌리면 탈탈 소리를 내며 돌아갔다.

"일아, 좀 땡겨라."

어머님은 재봉틀을 돌리며 저고리나 치마 솔기를 박을 때 재봉틀 뒤쪽에서 당겨 주기를 청하곤 했다. 위 천과 아래 천을 잘 맞추고 직선으로 천천히 당기는 일도 어머님의 일품을 덜어 드리는 조수 역할이고, 숯불 다림질할 때 맞잡아 주는 일도 역시 조수 몫이다.

대구 중심부 종로통에서 어머님은 기생옷 바느질일로 식생활을 해결하고 우리 4남매를 교육시켰다. 단칸 셋방살이는 몇 년 동안 계속되었고, 내 집을 가질 때까지 악착같이 일을 해야 한다며 어머님은 꼭두새벽부터 자정까지 재봉틀 앞에서 쉴 짬 없이 일하셨다.

"일아, 내 눈 어두버져 바느질일도 못하게 되면 그때는 집안 장자인 니가 우리 식구 먹여 살리야 된데이."

어머님은 자나깨나 내게 그 말씀을 하셨다.

내 귀에는 잠결에도 어머님의 재봉틀 돌리는 탈탈거리는 소리가 들렸다. 누나는 사범학교 입학을 포기하고 야간 고등학교를 다니며 어머님의 조수일에 본격적으로 나섰다. 어머님의 바느질 솜씨가 알려져 일감은 쉬지 않고 밀려들었다. 내가 고등학교를 졸업할 무렵, 어머님은 드디어 그 소원하시던 우리 집을 열아홉 번의 이사 끝에 마련할 수 있었다. 그 동안 어머님은 몸에 밴 근검으로, 나의 경우 고등학교를 졸업할 때까지 맞춤 교복을 입어 보지 못했고 자장면을 먹어 보지 못했다.

18세에 나는 배 곯기 알맞다는 어머님의 반대를 무릅쓰고 작가가 되려 서울 서라벌 예술 초급대학에 입학했다. 서울로 올라갈 때 어머님은 손수 지은 '사루마다'(팬티보다 실감나는 당시 말이다)에 재봉틀로 주머니를 만들어 돈을 넣어 주었다. 소매치기를 당할까 염려해서였다.

서울에서 문학청년 특유의 방만함으로 나는 18세부터 술을 배우고 담배질을 했다. 명동에서 밤늦게까지 술을 마시며 취했을 때 문득 내 귀에 재봉틀 돌아가는 소리가 환청으로 들리곤 했다. 내 눈 어두워지면 니가 식구를 먹여 살려야 한다는 어머님 말씀과, 지금이 늦은 밤에도 대구에서 재봉틀을 돌리고 계실 어머님을 생각하니 술기운이 도망가고 정신이 번쩍 들었다. 소설도 잘 쓰여지잖고, 앞으로의 직업도 암담하고 나는 실의에 빠져 될 대로 되라는 자포자기로 날마다 명동 음악실과 술집을 순례하고 다녔다.

방학 때 대구로 내려가면 어머님은 여전히 재봉틀 앞에 앉아 침침한 눈을 부벼 가며 재봉틀 바늘에 실을 꿰곤 했다. 우리 집을 가졌지만 방 두 개를 세로 놓아 역시 단칸방이었다. 담배는 골목길에서 피우고, 술을 마신 날은 친구집에서 잤다.

내가 서울에서 직장을 갖고 내 집을 마련하자 1970년대 후반에서는 어머님은 바느질일을 놓으시고 서울로 올라와 장남과 한집살이를 하게 되었다. 물론 어머님은 서울로 솔가하시며 그 재봉틀을 가지고 오셨다. 그러나 세월도 많이 변해 그 시절엔 이미 동네마다 세탁소가 생기고 옷도 사 입으니 재봉틀의 사용 빈도가 줄 수밖에 없었다. 그러나 어머님은 우리 형제의 사루마다만은 그 재봉틀로 늘 손수 마련해 주셨다.

어머님은 1980년 66세로 별세하셨다. 나는 그로부터 8년 뒤 어머님의 바느질 이야기 『마당깊은 집』을 썼다.

아우네 집에 있는 낡은 싱거 재봉틀이야말로 전쟁의 상처 끝에 우리 식구를 살아남게 해준, 어머님의 분신이다. 그 재봉틀을 볼 때마다 대구 피난 시절의 눈물겨운 사연을 우리 형제들은 떠올린다. (1996)

불쌍한 여인의 생애

어머니는 여장부로 기골이 장대했다. 말을 아끼고 잘 웃지도 않아 늘 근엄해 보였다. 남 앞에 살가운 말 할 줄 모르는, 여자로서의 애교는 물론 자식에게조차 엄한 지아비로 자처했다. 장년이 된 뒤까지 당신 앞에만 서면 나는 늘 두려워 눈을 마주 보지 못했다.

어머니는 경남 울산 땅 몰락한 유생 집안 막내딸로 태어났다. 구차한 집안의 끝동이라 소녀기에 부모님이 이미 연로하여 귀염도 받지 못한 채, 스무 살에 먼 김해 땅으로 시집갔다. 맞선조차 못 보고 시집가니 키가 당신보다 작은 신랑은 홀시어머니 아래 응석둥이로 자란 외동아들이었다.

당시 마산상업학교를 나와 수재 소리를 듣던 문학청년 기질의 낭만적인 아버지와, 배운 바 없이 『내훈』이나 익힌 엄정한 어머니가 성격이 맞을 리 없었다. 상업학교를 졸업한 아버지는 읍내 금융조합에 취직했으나 곧 그만두고 학업을 계속하느라 일본으로, 동무들과 어울려 바깥으로만 싸도니 어머니 시집살이는 초년부터 불행했다.

아버지는 해방 직후부터 좌익운동에 헌신했다. 아버지가 쫓기는 몸이 되자, 어머니가 대신 지서로 잡혀 가 아버지 행방을 대라며 타작 매를 맞고 들것에 실려 나오기 일쑤였다. 뺏골 쑤시는 그 후유증은 궂은 날이면 더 심해, 별세하실 때까지 이어졌다. 1948년 봄에 서울로 솔가하게 된 것도 아버지가 더 넓은 공작터로 차출되었기 때문이었다. 이듬해 전쟁이 나자 그나마 우리 가족은 아버지와 생이별한 이산 가족이 되었다.

"시집와서 6·25 전쟁 나기까지 열다섯 해 동안 니 애비하고 한솥밥 먹은 게 삼사 년도 안 될 끼다. 개차반 같은 놈. 그놈으 사상이 먼지, 거게 미칠라 카모 장가는 와 가노. 이 어미를 보더라도 너들은 제발 네 애비처럼 그런 데 나서거나 정치하지 마."

어머니는 월북한 아버지를 두고 평생 이렇게 못마땅해 하다, 우리 형제가 겨우 먹고 살 걱정에서 놓여 나자, 가난의 설움을 풀 짬도 없이 막내아들을 앞서 보내고 66세로 세상을 등졌다.

35세에 청상이 된 적수 공권의 어머니가 타관 땅 대구에 정착하여 기생옷 삯바느질로 우리 4형제를 키운 전쟁 뒤의 애옥살이 세월은, 당신 말로 이야기책을 써도 한 권은 된다고 말씀하셨다. 나는 그 답으로 어머니가 별세한 뒤에야 겨우 우리 가족이 가난했던 시절의 이야기를 담은 『마당깊은 집』을 썼다.

어머니는 허구한 날 자정 가까이 손틀 돌려 당신의 못 배운 한을 푸느라 우리 남매를 교육시켰다. 자식들로 하여금 '아비 없는 자식' 소리를 듣지 않게 하느라 근면·절약·정직을 몸소 실천하셨고, 유난한 결백증과 청결벽으로 그 꿋꿋함이 남 앞에 흐트러짐이 없었다. 어머니의 청결벽은 「깨끗한 몸」이란 중편소설로 써보기도 했다. 또한 아버지 험담에 곁들여 자식을 한두 시간씩 이어지는 긴 사설과 매질로 다스렸다.

'자식 교육은 매가 아닌 사랑'이란 말도 이해하지만, '채찍과 꾸지람이 지혜를 주거늘 임의로 하게 내버려 두면 그 자식은 어미를 욕되게 하느니라'는 성경 「잠언」 29장 말씀이 새롭다. (1989)

남에게 손가락질 받지 않아야

"니는 애비 없는 집안에 장남이고, 우리 집안이 얼매나 찢어지게 가난한 줄 니도 알제? 우짜든동 열심히 공부해서 훌륭한 사람이 되는 길밖에 없데이."

소년 시절, 귀에 딱지가 앉을 정도로 어머니는 이 말씀을 되풀이 하셨다.

6·25 전쟁으로 집안이 풍비박산이 되었다. 전쟁 당시 서울에 살던 우리 식구는 아버지와 헤어졌고, 물 설고 낯선 대구에 정착했다.

아버지는 독자였고 내가 장남이라, 어머니는 유독 나에게만 온갖 관심을 쏟았다. 당시로서 나는 그 화풀이를 '사랑'이라고 이해하지 못했다. 왜냐하면 어머니 관심이란 다름 아닌, 나를 철저히 매질로써 길렀기 때문이었다. 여장부인 어머니보다 내 키가 더 자라 어머니 매질을 완력으로써 물리칠 수 있었던 고2 때까지, 나는 일 주일이 멀다 하고 매를 맞고 자랐다. 숯포대로 쓰던 싸리 회초리가 몇 개째 분질러질 정도로 어머니 매질은 다반사였다. 당시 숯을 낱개는 봉지로 많게는 포대로 팔았는데, 바느질 다림질에는 숯이 필수품이라 우리 집은 늘 숯을 포대로 사다 썼다. 숯포대는 싸리나무를 칡줄기로 엮은 원통꼴로, 이 싸리나무는 매질감에 맞춤했다. 싸리줄기로 하도 매질을 당하다 보니 온몸에 지렁이 기어간 듯 핏자국이 섰고, 여름이면 반소매 옷이라 그 자국이 보여 바깥에 다니는 게 창피할 정도였다.

젓가락처럼 여위어 한 달에 한 번 꼴로 가던 목욕탕에서도 재는 얼마나 굶어 저렇게 말랐나 할 정도라 사람들 이목을 모았고, 내성적이고 온순했던 내가 사흘들이 왜 매질을 당했을까. 내가 그렇게 모진 매를 맞을 만큼 무슨 잘못을 저질렀을까. 어머니가 별세하신지 열세 해째, 이제 와 돌이켜보면 매질당한 분명한 이유가 생각나지 않는다. 이를테면 어머니가 바느질을 하는 깊은 밤에 책을 펴놓고 졸았다든가, 방 청소를 깨끗이 하지 않았다든가, 아우 둘 데리고 목욕 가서 때를 깨끗이 빼지 않았다든가, 학업 성적이 나쁘다든가, 그런 이유였을 것이다. 나는 중학교에 입학하고부터 고2까지 신문배달을 했으므로 날마다 이삼십 리는 좋게 집집마다 신문을 뿌리고 다녔고 매달 받는 월급을 통째 어머니께 바쳤으니, 앞에 열거한 그런 자잘한 잘못쯤은 상쇄될 수 있었다. 중학교 땐 지방지 석간을 배달했으나 고등학교 땐, 학교 수업이 늦게 끝나 중앙지 조간을 배달했다. "일아, 일나거라. 나갈 때 됐다"며 어머니가 깨우면, 꾸벅꾸벅 졸며 새벽 어둠을 밟고 신문 보급소로 갔다. 온몸이 동태가 되어 돌아오는 겨울철 신문 배달과 미처 우산을 준비하지 못해 비에 쫄딱 젖어 귀가할 때도 어머니는, 남자는 그런 고생쯤 해야 된다 하셨지, 고생이 많다는 위로의 말씀은 한 적이 없었다.

고등학교 졸업할 때까지 단칸방 남의 집살이를 못 면했던 터라 자정 가까이 어머니가 바느질 끝낼 때까지, 어렸던 막내아우만 빼고 우리 형제는 잠자리에 들지 못했다. 졸기라도 하면 바느질 자가 사정없이 머리꼭지에 떨어져 혹이 삭을 날 없었다. 바느질일 끝내고 이부자리 펼 때가 그렇게 반가울 수 없는데, "일이, 니 좀 보자. 나가서 숯포대 매 가꼬 온나" 하는 어머니 명령이 떨어지면 나는 파랗게 질려 버렸다. 옷을 벗게 해 팬티만 입혀 놓고 어머니가 이런저런 이유를 대어 매질을 시작하면 내가 입에 거품 물고 넉장거리로 쓰러져야 매를 거두었다. 고문 치고 견디기 힘든 고문이었다. "나가 뒈지라"며 한겨울에도 알몸으로 쫓아내면 어머니가 잠자리에 들 때까지 방문 밖 쪽마루에 쪼그려 앉아 병아리처럼 떨며 소리 죽여 울었다. "어무이 주무신다. 인자 들어와서 자거라." 누나가 나를 불러들이면, 꼴에 장자라고 가장 추운 방문 쪽 냉돌에 새우처럼 웅크리고 잠을 잤다. 그래서 나는 결혼할 무렵까지 '주워 왔거나 데려온 자식이 아닐까?' 하는 혐의에서 자유롭지 못했다.

어머니는 아버지에 대한 증오심, 가난, 외로움, 또는 노후 걱정을 두고 장자인 나에게만 그렇게 화풀이했는지도 모른다. 온갖 험구를 쏟아 부으며 "니도 니 애비 닮을라 카나! 그래 될라 카모 마 진작 죽거라!" "당장 나가! 빨가벗고 나가 집에 들어오지 마. 자슥 하나 전쟁 때 죽은 셈 치모 된다!"며 사정없이 매질하다 스스로 지쳐 매를 내던졌다. 단칸 셋방이었기에 나 역시 매질당할 때 옆방에 들리지 않게 이빨을 앙다물어야 했다. 아프다고 소리치면 매질이 더 가혹했던 것이다. 매질을 하며 하는 말씀이, '장남' '가난' '훌륭한 사람'이었다.

나는 지금, 훌륭한 사람이 되지 못했다. 어떤 인품, 어떤 위치가 훌륭한 사람인지, 막연한 생각이 들기도 한다. 뭇사람들로부터 존경의 대상이 되는 인물이 되기란 쉽지 않다. 나는 좋은 학교를 다니지 못했고 학업 성적도 시원찮았다. 출세하여 명예나 부를 쌓지도 못했다. 그러나 나는 언제나 어머니의 그 말씀을 생각한다. '아비 없는 맏이로 남에게 손가락질 받지 않는 사람이 되라.' 어머니 소망을 소박하게 이해하자면 그 정도일 것이다. 훌륭한 사람은 못 될지언정 그 정도 삶을 실천하려고 기를 쓰며 여기 이 나이쯤에 당도한 듯하다. (1993)

방담

'마당깊은 집'을 찾아가는 발걸음

박진숙 | 김수복 | 박덕규 | 강상대 | 한원균 | 조태봉 | 김수이 | 최화성

드라마 『마당깊은 집』에서 한 장면.

김원일 선생의 소설 『마당깊은 집』의 무대인 대구 장관동 일대를 답사하는 이른바 '마당발' 기행은 2002년 3월 1~2일 사이에 있었습니다. 첫날은 팔공산에 있는 군위 삼존석굴(일명 '제2석굴암')을 답사하고 제2석굴암 온천호텔에서 묵었습니다. 이튿날 대구의 약전골목을 비롯 장관동 골목 일대를 두루 답사하고 나서는, 근처 계산동에 소재한 「빼앗긴 들에도 봄은 오는가」의 시인 이상화 선생이 살던 집을 답사하기도 했습니다. 상경 길에는 김천시 증산면에 있는 비구니 스님들의 도량인 청암사에 들러 보았습니다. 짧은 여행이었지만, 한 작품에 대한 두서없는 방담은 서울에 도착하고 나서까지, 끝이 났나 싶으면 어느새 이어져 있곤 했습니다. 많은 말을 했고 많이 웃었고, 맛있게 먹고 즐겁게 마시며 많이 떠들었는데, 그리고도 뭔가 할 얘기가 남은 듯해서 아쉬움이 컸습니다. 여기에 적은 내용은 실제 '마당발' 기행에서 마음놓고 대화한 것들을, 기행이 끝난 후 며칠을 두고 각자 이메일로 교환하면서 보충하고 다듬은 것입니다. 다만 방담의 현장감을 어떻게든 살려 전하기 위해 실제 방담 내용의 일부를 여러 자리에 공개해 둡니다.

—이 소설을 처음 읽는 사람도 있고, 오래 전부터 여러 차례 읽은 사람도 있다. 읽고 났을 때의 느낌부터 얘기해 보자.

박진숙 1989년 여름에 읽었다. 한번 손에 들고는 놓을 수가 없어 손에 든 채 전화를 받는 일도 여러 번이었다. 그것이 내가 드라마로 각색을 하는 계기가 될 줄이야 누가 알았겠는가. 방 한 칸에 보통 서너 식구가(길남이네는 다섯 식구) 숙식을 같이 하는 사생활이란 있을 수가 없는 상황이었다. 방방이 텔레비전이 놓여 있고 가족간에 대화가 상실되고 있는 시점에서, 그런 상황은 오히려 향수를 불러일으키는 그리움으로 다가왔었다. 또 인물들의 개성이 생생이 살아 있어 그들이 부딪치며 빚어내는 상황들이 친숙한 재미를 주었다.

김수복 이번 기행을 앞두고 읽었다. 고3인 큰아이에게 물어 보니 2학년 때 국어 선생님의 권유로 읽었다고 했다. 면목이 없었다. 2001년 7월 30일 발행인 재판 4쇄본을 차에 싣고 다니면서 읽었다. 장관동 일대와 마당깊은 집 사람들의 삶이 농밀하게 그려진 대구 정경이 그대로 가슴을 찡하게 울렸다. 나는 1965년 3월초, 고향인 지리산 밑의 산청에서 대구로 올라왔다. 그 당시의 대구 정경이 그대로 다가왔다. 마당깊은 집의 위채와 아래채 식구들의 생활상은 내가 대구 대봉동 시절 겪은 성장기 체험과 거의 같았다. 그래서 더욱 그 시절에 대한 아린 추억에 시달리게 했다. 특히 작품 속의 주인아저씨 출근 광경에서는 마치 대구에 계신 우리 어머니의 전화 목소리를 그대로 듣는 것 같기도 했다.

> 주인아주머니는 아침밥을 먹다 말고 나와 정장 차림으로 출근하는 서방을 위채 지대에서 배웅하는 시늉만 했고, 노마님은 꼭 바깥 솟을대문까지 아들을 따라나갔다. "애비야, 오늘은 지발 술 묵지 말고 일찌감치 들어오너라……."

박덕규 이 책이 나온 1988년 당시에 나는 문학평론가 일을 훨씬 많이 하고 있었고, 소설가가 되려는 어릴 때부터의 꿈을, 어쩌면 완전히 날려 보내야 할지도 모른다는 강박관념에 시달리고 있었다. 그럼에도 불구하고, 나는 이 소설의 남다른 '소설창작적 요소'부터 먼저 파악했다. 어른 화자가 소설 속에서 행동하는 주인공인 소년의 시선을 적절히 통제하고 있다는 것, 그래서 실제 체험자가 주는 실재감과 그 체험에 대한 어른의 서술이라는 데서 얻어지는 신뢰감이 공존하게 되었다는 것, 이로써 6·25를 겪는 '소년 체험 화자' 소설이나, 성장 이후의 어른의 시선이 존재하면서도 여전히 소년 체험 화자 자리에서 자유로울 수 없는 이른바 '귀향형' 6·25 체험 소설의 한계를 넘어섰다는 것…….

강상대 『마당깊은 집』에는 1950년대 대구 장관동에서의 유년 시절이 있고, 나에게는 1970년대 대구 비산동에서의 유년 시절이 있다. 지금도 그다지 많이 달라지지는 않았지만, 대구 뒷골목의 풍경이란 게 1950년대나 1970년대나 별반 다를 바 없다. 좁고 꼬불꼬불한 골목길, 시궁창 냄새나는 하수구에서 '오골거리는' 장구벌레 떼와 같은 삶이 거기에 있다. 길남이 가족에게처럼 혹독하지는 않았다고 해도, 가난도 결국 같은 형편이었다. 이 소설에 공감하는

대구제3공업단지
노원3가동
노원3가1동
노원2가
노원1·2가동
서대구고속버스정류장
비산7동
비산5동
원대3가동
노원1가
북
PUK-GU
대구지방국세청
북부경찰서
북구청
경부선
비산1동
비산아파트
원대1·2가동
고성동
3
평리동
비산2동
달성동
평리3동
평리1동
비산6동
비산3동
비산동
달성공원
2
서구청
서부경찰서
서구
SŎ-GU
평리2동
비산4동
서성로2가
태평로2가
경북체신청
중부경찰서
4
동산동
영남신학대학
내당2동
대신동
내당1동
남산동
카톨릭신학대학교
남산4동
두류1동
두류2동
대구대학교
남산3동
대명2동
계명대학교
대명3동
남
NAM-GU
달서구
TALSŎ-GU
두류동
두류3동
대구교육대학교
1
두류공원
대명4동

● 대구시 중심가 지도. 『마당깊은 집』의 등장인물들은 주로 ❹를 중심으로 ❻❼❽ 일대를 활동 무대로 삼았다. ⓳는 빨래터가 된 하천(방천)이다. ❷에는 이상화 시비가 서 있고, ❶에는 문학비 공원이 조성되어 있으며, ⓯에는 국채보상운동기념공원이 꾸며져 있다.

"한번 손에 들고는 놓을 수 없어서 손에 든 채 전화를 받는 일도 여러 번이었다."

청암사에서의 박진숙.

이들이 대부분 그렇듯이 나도 이 작품에서 나의 유년을 찾아내고 그리움을 가졌다.

한원균 나는 줄곧 이 작품 속에서 나의 유년 시절을 기억해내려고 했고, 또 그렇게 되었다. 물론 나는 1960년대 생이어서 길남이의 경험과는 시간적 거리가 있기는 했지만, 어떤 공분모가 강하게 의식되었다. 그것을 가난이라고 해도 좋고, 결핍이라고 해도 좋지만, 분명한 것은 내 경험과 주인공의 경험이 상당히 겹치고 있다는 느낌이 들었다. 풍경이라고 해도 좋겠다. 흑백으로 인화된 사진에서 오는 시간의 틀 말이다. 바르트라는 철학자의 말을 빌리겠다. 사진의 존재방식을 말하는 자리에서, 그는 이를 '푼크툼(punctum)'이라고 했다. 예리한 점, 상처의 얼룩진 자리, 초점화된 지점이 그것이다. 『마당깊은 집』은 마음속에 걸린 한 장의 사진을 들추어내고 있다. 그것이 누구에게나 존재한다는 점에서 이 작품은 경험의 보편성을 얻고 있다. 평론가로서 어떤 거리감을 갖고 읽어야 한다는 생각이 이번 경우처럼 힘들게 느껴진 적도 없을 것이다.

조태봉 책장을 덮고 나서 시계를 보니 시침은 0시를 넘어서고, 마치 과거의 시간 속을 한참이나 헤매다 온 것 같은 느낌이 들었다. 비록 책장 너머이긴 하지만 잠시라도 함께 살았던 사람들의 이름이 머릿속에서 뱅뱅 맴돌다 사라졌다. 이 소설을 읽기 전에는 내가 경험해 보지 못한 1950년대라는 시공간이 주는 거리감이 있을 것 같았는데, 읽다 보니 의외로 친숙함 같은 것이 느껴져 소설 속에 푹 빠져 버리고 말았다. 곰곰 생각해 보니 가난이라는 것은 시간을 초월한 어떤 공통분모를 지니고 있는 것 같다. 1970년대 도시 변두리에서 가난한 유년을 보낸 나로서는 이 소설의 1950년대가 전혀 낯설지 않았다. 많은 부분은 참으로 가혹하고 참혹하구나 싶기도 했고, 또 어떤 면에서는 왠지 더 정감 있는 사람살이로 느껴

'대구약령시' 홍보 간판이 서 있는 장관동 제일교회 앞에서.

약전골목 거리 풍경.

지기도 했다.

김수이 나는 가끔 내 방의 책장 앞에서 죄책감에 사로잡힌다. 벽면을 가득 채운 책들의 상당수를 읽지 않았거나, 대충 훑어보았거나, 한 번 읽은 후에는 다시는 펼쳐 보지 않았으니까. 그러나 『마당깊은 집』에 관해서라면 나는 한 점 부끄럼 없이 결백하다. 빼곡하게 접힌 페이지, 읽을 때마다 다른 색깔의 펜으로 그어놓은 밑줄들, 특정 단어까지 생생히 떠오르는 장면들 등의 증거가 내겐 수두룩하니까. 생각해 보니, 나는 삶이 힘들게 느껴질 때 『마당깊은 집』으로 마음의 휴양을 떠나곤 했다. '마당깊은 집'의 솟을대문을 열고 들어서노라면, 하루하루 힘겨운 소모전을 치르며 사는 가난한 대학강사이자 문학평론가인 나의 현실은 사라지고, 생나무처럼 싱싱한 삶의 세계가 펼쳐지는 느낌이 들곤 했다. 그 세계 역시 가난하고 고통스럽지만, 따뜻한 인간의 온기로 가득 차 있는 점에서 지금의 현실과는 큰 차이를 보여준다. 이런 의미에서 『마당깊은 집』은 우리가 '우리'를 잃어버리기 전의 마지막 시절을 다룬 작품에 속한다고 할 수도 있다.

최화성 『마당깊은 집』을 여러 번 읽으며 신기한 경험을 했다. 길남이의 행동과 내면을 따라가다 보니, 내 안에서 화자인 길남이만큼 어린 내가 자꾸만 재생되어 나타났다. 집을 나가 역 대합실에 웅크리고 있는 길남이 뒤에, 엄마에게 매맞고 저금통을 털어 동전 한움큼을 주먹에 움켜쥐고 집을 나가 골목길 귀퉁이에서 새우깡 봉지를 가슴에 품고 쭈그려 앉아 있던 어린 내가 보였다. 어머니가 진짜 나를 낳은 생모가 아닐지도 모른다고 의심하는 길남이 뒤에도, 유독 자기에게만 심부름시키는 어머니를 원망스러워하는 길남이 뒤에도, 역시 어린 내가 있었다. 때문인지, 길남이가 신이 나면 나도 신이 났고, 길남이가 울면 나도 울고 싶어졌다. 『마당깊은 집』은 나 자신조차 잊고 지내던 나의 유년기를 곰곰이 반추해내게끔 자꾸만 나를 괴롭혔고, 나는 그 괴롭힘이 신기할 따름이었다.

—어쩌면 이렇게 꼼꼼하게 기억해서 쓸까 싶은 대목이 많은데……

김수복 소설 전체가 꼼꼼한 기억의 연속이 아닌가. 작품 모두(冒頭)의 장관동 마당깊은 집의 정경과, 인물들의 성격 묘사만 해도 믿어지지 않을 정도로 정치했다. 하나뿐인 변소를 이용해야 하는 세든 사람들, 처음 신문팔이를 나가 어색해 하는 길남이 모습, 장마 때 마당에 물이 차서 온통 수선을 피우는 장면, 무엇보다 재봉틀 앞에서 아들을 호되게 다그치는 어머니 모습……. 눈앞에 있는 듯이 생생하게 느껴졌다.

> 신문사 뒷마당으로 쭈뼛거리며 들어서니 신문 나오기를 기다리는 내 또래 맨숭머리 머슴애들이 스무 명 남짓 와글거렸다. 그들은 처음 보는 나를 힐끔거렸으나 멀찌감치 떨어져 섰는 내게 말을 걸지는 않았다. 오후 두시쯤 되었을까, 빵모자 쓴 젊은이가 금방 찍혀나온 신문을 한아름 들고 나왔다. 아이들은 그 젊은이로부터 신문을 사자마자 옆구리에 끼고 날쌔게 한길로 내달았다. 나도 맨 끝으로 신문 열 부를 샀다. 거리로 나서자 목청이 제대로 트이지 않아 신문을 끼고 땅만 내려다보며 걸었다.
>
> "사이소. 영, 영남일보 사이소." 외치기는 했으나 그 말은 내 귀에도 잘 들리지 않았다.

한원균 소설을 쓰려는 사람은 풍부한 감수성과 함께 좋은 기억력을 갖고 있어야 한다고 한다. 여기서 기억력이란, 유년 시절의 경험을 어떻게 재구성하느냐의 문제와 무관하지 않을 것이다. 작가에게 경험이란 일종의 흔적에 대한 반응, 고착된 대상에 대한 관심과 애정의 표현일 것이다. 그런 점에서 이 소설은 작가의 심리, 내면적 정황이 잘 드러난 작품이다. 나는 이 소설에서 재생되는 생활의 풍경들을 최근 민속박물관에서 보았다. 흥미로운 사실은 1960년대 내가 살았던 산동네에 있었던 이발소, 솜틀집, 구멍가게, 연탄집 등이 아주 세밀하게 박물관에 전시되어 있었다는 점이다. 『마당깊은 집』은 마치 과거의 시간을 현재에 옮겨다 놓은 듯한 느낌을 갖게 한다. 그것은 일단 상상력의 힘이지만, 동시에 우리들의 경험 세계가 현재에도 체화된 양식, 생활의 일부로서 과거를 보전하고 있기 때문이 아닐까 하고 생각한다.

박덕규 나는 거의 언제나 삶의 생생한 모습이 드러나야 소설이 될 수 있다는 생각으로 창작에 임하는데, 나 자신의 체험 세계가 좁다 보니 그게 쉽지 않다. 주요 등장인물들의 직업적 체험을 중시할 것— 나는 소설 쓸 때마다 항상 이런 격언을 품고 있다. 그런데 그게 쉽겠나? 꽃이나 나무의 이름도 잘 모르고, 물건의 명칭도 잘 모르니까. 당장 이름도 호명하지 않고 대상을 설명하고 묘사하려드니 힘들 수밖에 없다. 김원일 선생의 '점묘적 서술'이야 『불의 제전』, 『늘푸른 소나무』에서 총체적인 의미에서 빛을 발하는데, 이 소설에서는 한 주인공의 특정 시기에 국한해서 치밀한 묘사력을 자

'마당깊은 집'에 이르는 골목길을 어림짐작해 보는 시인 김수복.

"위채와 아래채 식구들의 생활상은 내가 대구 대봉동 시절 겪은 성장기 체험과 거의 같았다."

장관동에서의 김수복.

랑한다.

강상대 『마당깊은 집』의 시간적 배경이나 인물 군상, 간난스런 삶과 엇비슷하게 그려진 작품으로 이동하 선생의 「장난감 도시」를 들 수 있다. 그런데 두 작품은 화자의 성격으로 볼 때 선명하게 대비된다. 가령 '마당'의 화자는 이야기를 서술하고 있는 현재의 자신을 뚜렷하게 드러내고 있다. '그때 너무나 배를 곯았기 때문에 지금의 나는 배를 가득 채워야 숟가락을 놓는 식사 습관을 버리지 못한다'는 식이다. 그러나 '장난감'의 화자는 현재의 자신을 결코 드러내지 않은 채 다만 기억을 풀어놓는 서술자의 역할만을 충실하게 수행하고 있다. 이와 같은 화자의 태도로서 성장소설의 기법적 측면을 논의해 볼 수도 있지 않을까. 어떻든 '마당'이 보여주고 있는 소설적 화자와 작가의 친연성은 읽는 이들에게 흥미를 유발시키는 한 요소가 되고 있다.

박진숙 나도 드라마를 쓸 때 인물의 직업을 선택하는 일로 많이 고심한다. 가능하면 남들이 다루지 않은 색다른 직업이 없을까 찾고 또 찾는다. 이 소설에서는 미군부대에서 물건을 훔친 사람들이 나중에 붙잡혀 모욕당하는 얘기가 나온다. 이 얘기는 길남이가 목격한 것이 아니라 전해 듣는 것으로 나오는데도 가슴아플 정도로 생생한 느낌을 준다. 아마 작가가 철저한 취재를 통해 얻은 대목이 아닌가 한다. 나는 드라마로 옮길 때 이 대목을 미선이가 직접 미군에게 희롱당하는 것으로 묘사했다.

> "다행이 다 뭐야요. 풀어내주며 얼굴에 빨간 페인트 칠을 하곤 옷에 갓뗌 코리언이라고 썼어."
>
> "페인트칠을 얼굴에다 했다구? 에미나이들 같으니라구, 너무하디 않았어? 그럼 사분(비누)으루 아무리 얼굴을 닦아두 지워지디 않갔잖아. 페인트 자국이 없어질 때가지 나다닐 수두 없게 됐으니 그걸 어떡해." 순화누나가 안타까운 듯 말했다.
>
> 나는 마치 내가 페인트칠을 당한 듯 얼굴 근육이 뻣뻣하게 느껴져 손으로 얼굴을 쓸어내렸다. 페인트칠을 당했다는 세 사람은 살가죽을 벗겨내지 않는 다음에야 그 붉은색이 한 달, 아니 두 달이 지나도 쉽게 지워질 것 같지 않았다. 새빨갛게 도배된 얼굴의 칠을 지우려 살갗이 문드러져라 닦고 닦을 세 사람의 모습이 우련하게 떠올랐다.

박덕규 이번에 다시 읽을 때 이상하게 그 대목에서 나는 전율했다. 소설 속에서 한국사람들이 미군에게 모욕당한 형벌이 자자형

<'마당깊은 집' 실제무대>

약전골목으로
들어서는 입구.
사정사거리
수동
희도맨션아파트
대구제일교회
대구약령
약전골목
계산동
대구매일신문사
한약방이 즐비한 거리.
시인 이상화 생가.
대구 제일교
대구약령시
게시판.

장관동에서 가장 오래 살았던 집 입구.

중국음식점 '군방각'이 있던 자리.

『마당깊은 집』의 배경인 장관동 한옥촌의 옛모습이 일부 남아 있다.

'마당깊은 집'이 있었던 자리는 가건물과 주차장으로 변해 있다.

경신정보고교 정문이 보이는 장관동 길.

(刺字刑)의 일종이다. 미군이 도둑들의 얼굴에 페인트칠을 하고 돌려보낸 것이다. 자자형이란 얼굴에 글자를 새겨 벌을 주는 형벌이다. 평생 지울 수 없는 가혹한 벌 중의 하나다. 마침 다른 소설에서 그런 형벌에 대한 내용을 읽다가 그것에 대해 생각해 보았다. 작가가 호돈의 『주홍글씨』에서 간통한 여자에게 글자를 달고 다니게 한 것과 비슷하지 않은가. 미군이 보기에 한국인은 모두 도둑놈이요, 죄인이었을지도 모른다. 작가는 그 대목을 통해 당대 한국인의 처지를 상징적으로 묘사한 셈이다. 그 장면으로부터, 그 시절로부터 우리는 과연 얼마나 자유로운가! 그 점에서 나는 이 소설을 국가간의 식민주의의 관련을 드러낸 '탈식민주의적' 소설로도 읽는다.

—이 소설에서 가장 인상 깊은 대목을 지적해 본다면……

김수이 소설의 많은 인상적인 대목 가운데, 이상하게도 뇌리에 남는 것은 길남이가 겨울 동안 땔 장작을 패는 장면이다. 길남이의 어머니는 '성냥개비 같은 어린애'인 아들에게 무거운 도끼를 들고 장작을 패게 하고 있다. "사내가 할 일이 따로 있고, 니는 우리 집안 장자다"라는 것이 어머니가 내세우는 이유이다. 추운 겨울날,

제대로 가눌 수도 없는 도끼를 들고 장작과 씨름하는 길남이는 어린아이에서 어른으로 성장하는 고통의 시간을 견디는 중에 있다. 성장은 그 자체로 연민을 불러일으키는 존재적 사건이지만, 이 장면은 특히 연민의 감정 없이는 읽기 어려운 부분이다. 고통스러운 성장 혹은 성장의 고통에 대한 연민은 소설 『마당깊은 집』이 독자에게 어필하는 중요한 요소의 하나이기도 할 것이다.

> "바느질댁두 너무하네. 저 성냥개비 같은 어린애한테 나무를 패게 하다니. 나무는 고사하고 제 발등이나 안 쪼갤는지 모르겠어."
>
> 방문을 연 경기댁이 얼굴을 내밀었다.
>
> 나는 나무 패는 장정으로부터 징을 빌려와 장정이 했던 그대로 통나무 가운데에 도끼날 뒤쪽을 쐐기를 박았다. 쐐기가 고정되자 도끼날 등으로 내리친 끝에 통나무 도막은 그제서야 두 쪽으로 쪼개져 널브러졌다. 내가 처음 팬 장작은 흠집투성이였고 받침나무 주위에는 부스러기가 수북이 널려 있었다. 부스러기야 불쏘시개로 다시 쓸 테니 허실은 아니었다.
>
> 내 장작패기를 힐끗거리던 장정이 보다 못해 내 쪽으로 건너왔다. 나는 그가 제발 어머니에게, 이애로서는 무리이니 내가 헐값에 나무를 패주겠다고 말하기를 바랐으나 그는 어머니와 한통속인 듯 우리 방문 쪽으로는 눈도 주지 않았다. 〔……〕 그날 밤, 나는 도끼를 휘두르느라 알이 밴 어깨와 겨드랑이가 얼마나 아리고 쑤셨던지 모로 누워 잠을 잘 수가 없었다.

최화성 "더러운 세월"을 경험하지 못했기 때문인지, 인상 깊은 대목이 참 많았다. 길남이의 처량한 모습을 묘사한 대목이 선명하다. 크리스마스 캐롤이 흐르는 거리를 외롭게 걸어가는 길남이의 걸음걸이며, 특히 두 차례나 땜질을 하고도 "고무창이 아가리를 벌리고" 있는 운동화 얘기가 그랬다.

> 거리는 크리스마스 노래로 넘쳤고 오전 수업으로 공부를 마친 학생들이 길을 메우고 집으로 돌아가고 있었다. 모자 쓰고 교복 입은 학생들만 만나면 나는 무슨 죄라도 지은 듯 길을 비켜주며 길갓집에 바싹 붙어 걷는 버릇이 있었다. (……) 예쁜 카드를 고르는 여학생을, 나는 그런 카드를 보낼 곳도 받을 리도 없으므로 무심히 바라보았다. (……) 땅만 내려다보고 걷자니 어머니가 내게 처음 사준 운동화는 두 차례나 신기료장수로부터 땜질을 했는데도 고무창이 아가리를 벌리고 있었다.

김수복 그 시절의 생활상까지도 세세하게 그려내면서 성장소설이 갖는 시대적 배경의 밑그림이 작품의 깊이를 더했다고 생각한다. 나는 특히 어머니가 주인공 길남이를 재봉틀 앞에 앉히고, 주인공에게 편모 슬하의 장자임을 각인시켜 주는 어머니의 '옹이 박힌 말'이 가슴을 찔러 왔다. 그 말은 가정 해체 경험을 가진 맏아들에게 심어 주는 우리 어머니들의 옹이 박힌 말이 아닐 수 없을 것이다. 나도 늘 주인집 아들과 대비하여 어머니로부터 세상살이의 세파와 난경을 헤쳐 가고 뛰어넘는 법을 똑같이 들었다. 이 대목이 제일 가슴을 파고 들어왔다.

"……니는 위채에 사는 학생들과 처지가 다른 기라. 양친 부모 있고, 집 있고, 묵을 것 넉넉하이까 저들이사 말로 머가 부럽겠노. 지만 열심히 공부하모 좋은 대학 졸업하고 좋은 직장을 가지겠제. 돈 있고 집안 좋으이 남보다 출세도 빨리 할 끼라. 니가 위채 학생들보다 갑절로 노력해서 어른이 되더라도 그 차이는 하나 달라지지 않고 지금 처지와 똑같을란지 모른다. (……) 남자는 그렇게 밥숟가락 놓자말자 밥상을 걸터넘고 나서서 부랄이 요령 소리 나도록 뛰댕겨야 제 식구를 믹이 살린다……".

박진숙 모두들 위채 파티를 구경하는데 바느질댁만 재봉틀을 돌리는 평상심을 유지한다. 구경하는 길남이를 불러들여 회초리로 때리며 장자임을 주지시킨다. 어머니는 자기 손이 아픈 것도 잊고 피에 젖은 새 양단 저고리 걱정만 하고, 길남이는 이 일로 매맞을 것에 겁을 먹고 가출을 감행한다.

어젯밤 잠을 제대로 못 잔 어머니가 핏발선 눈으로 나를 쏘아보곤, 재봉틀을 돌리며 연방 악퍼질렀다.

"다시는 그런 구경 안, 안 하겠습니더."

"당장 나가거라! 집에 들어올 생각 말고 나가. 굶어 뒈지든 얼어죽든 집을 나가! 나가기 싫거든 숯포대 다섯 자루를 가지고 들어와." 어머니의 분김에 찬 고함에 이어, "아이쿠!" 하는 비명이 터져나왔다.

재봉틀 바늘이 그만 어머니의 왼손 집게손가락 손톱을 구멍내고 말았다. 어머니가 손을 빼내지 못한 채 어

> 쩔 줄 몰라하는 사이, 재봉바늘에 등솔기가 박히던 물색 양단 저고리로 빠르게 피가 번지기 시작했다.

한원균 나 역시 가출 장면을 먼저 떠올리게 된다. 어머니로부터 꾸중을 듣고 골목길을 빠져나와 역대합실로 가는 장면과 선례누나가 신문사 뒷마당으로 찾아와 집으로 들어가라는 말을 했을 때, 내심 누나의 말에 끌리기도 하면서도 행동을 다르게 했던 길남을 그린 모습이 인상적이다. 또 아우 길수의 죽음을 다룬 부분도 인상적이다. 작가와의 인터뷰에서 확인한 결과 공교롭게도 이 두 부분은 허구로 꾸며졌다고 했다. 역시 소설의 재미를 느끼게 하는 대목이 아닐 수 없다.

박덕규 그렇게 가출을 한 길남이가 추운 대구역 대합실에서 얼핏 잠이 들어 꿈을 꾸는데 그 꿈 내용이 선연하다. 길남이는 한주에게 도움을 청하기도 하면서 힘든 가출 생활을 견뎌 보려 하는데, 실은 얼마 못 가 어머니가 길남이를 찾아오게 되고, 집으로 가자는 어머니의 한 마디 말에 끌려가는 대목, 나는 이 대목에서 평생 가족에게서 벗어나지 못할 사내의 운명을 읽었던지도 모른다. 그런데 작가는 실제로 가출은 꿈도 못꿀 정도로 숫기가 전혀 없었다고 한다. 이 점은 한원균 교수가 이번에 작가와 인터뷰를 하면서 확인한 것과 같다. 이 소설에서 작가의 상상력이 낳은 가장 극적인 대목이 가출 장면이 아닐까.

> "가자, 집에 가자고."

어머니는 그 말만 하곤 앞장을 섰다. 어머니는 손에 쥔 손수건으로 물코를 팽 풀더니 눈언저리를 닦았다. 나는 어머니를 뒤따라 역 광장으로 나섰다. 어슴새벽으로 건물 위 하늘이 희부옇게 터오고 있었다. 나는 팔려가는 처량한 망아지 꼴이었고, 선례누나를 따라 대구로 올 때의 마음이 그랬다.

강상대 나는 오히려 길남이가 밥을 도둑질해 먹는 장면이 좋았다. 사실 이 장면에서는 자꾸 눈물이 나서 읽는데 혼났다. 이 장면은 곤궁했던 지난날의 삶에 대한 회한과 더불어 안씨를 통해 인간성에 대한 믿음을 보여주는 인상적인 부분이다. 세 차례의 밥도둑질이 있고 나서 길남이를 불러낸 안씨의 말이 떠오른다. 길남이는 안씨의 충고 속에 '도둑'이란 말이 한마디도 들어 있지 않았음을 가슴 깊이 새겨 두고 있다. 안씨와 같은 인물에 의해 구현된 인간애가 존재함으로써 길남이는 그 극심했던 가난에 대해 적의나 독기와 같은 공격적인 성향을 품지 않게 된다. 화자의 표현대로라면 "그 추억만 떠올리면 괴로움과 연민으로 지금도 얼굴이 달아오른다"고 하는, 자기 내면으로의 다스림이다.

"내 누구한테도 그 말 안 할 테이 다시는 그런 짓 말거래이. 설령 점심밥을 굶어 배가 쪼매 고푸더라도 사나이 대장부가 될라카모 그쭘은 참을 줄 알아야제. 너거 어무이는 물론이고 성제간도 그렇게 참으미 이 여름철을 힘겹게 넘기고 안있나. 내 아무한테도 이 말 안 하꾸마."

"가출한 길남이가 어머니에게 '끌려가는' 대목에서 평생 가족에게서 벗어나지 못할 사내의 운명을 읽은 듯하다."

청암사에서의 박덕규.

박진숙 식모 안씨에 대해서는 나도 드라마를 쓰면서 애착을 느꼈다. 나는 사소한 데서 감동을 받는 사람인지도 모르겠다. 안씨는 자신도 남의 집 식모살이를 하는 서러운 처지면서 정이 많다. 드라마에서는 권재희 씨가 이 역을 맡았는데, 자칫 조연으로 머물고 말 역할을 행주치마 정갈하게 두르고는 깔끔하게 소화를 해줬다. 김장김치 몰래 퍼다 행주치마에 감추고 오빠(정태) 문제로 잔뜩 속이 상한 평양댁 딸 선화에게 김칫국이라도 끓여먹고 기운차리라고 전하는 장면을 넣었다.

조태봉 식모 안씨의 한마디 한마디에는 밥도둑의 정체를 알아채고는 어떻게 할까 고민고민하다가 끝내는 혼자 삭히고 마는 훈훈한 심성이 깔려 있는 듯하다. 만약 노마님이나 경기댁이었다면, 또 어머니였다면 어떻게 했을까? 아마도 길남이는 두고두고 안씨에게 고마워했을 것이다. 또 인상 깊게 읽은 대목은 길중이가 토해낸 음식을 다시 핥아 먹는 장면이다. 아니 길중이보다는 길수가 자아내는 비참함이 더 강하게 뇌리에 박힌다. 그 대목을 몇 번이나 곱씹으며 읽었다. 얼마나 찌든 가난이었기에 토한 음식을 다시 주워 먹고, 그 자리를 훔쳐낸 걸레를 빨아댔다는 건지. 가난의 참혹함을 실감하게 하는 한 장면이었다. 결국 길수의 이른 죽음도 못 먹은 데서 온 것이다.

> 빈 뱃속에 뜨거운 죽을 너무 급하게 먹었던지 길중이가 먹은 죽을 죄 토해내고 말았다. 길중이는 방바닥에 위액과 더불어 토해놓은 죽을 긁어 다시 먹었음은 물론인데, 걸레로 방바닥을 훔치는 어머니를 길수가 눈여겨보았던지, 길수가 나중에 그 걸레를 빨아먹고 있더라 했다.

—'더러운 세월'에 겪은 '비참한 가난'을 묘사하고 있는 셈인데, 그럼에도 이 소설이 따뜻한 추억과 향수어린 세계로 느껴지는 이유에 대해 설명해 본다면……

조태봉 따뜻한 가난 이야기라? 말이 안 되는 말 같지만, 이 소설을 읽으면 그게 말이 되어도 너무 잘 된다. 물론 마당깊은 집에 모여 살고 있는 사람들의 삶은 힘들고 배고프기만 하다. 하지만 그들의 이야기 속에는 뭔가 그 고통을 넘어서는 따뜻함이 담겨 있다는 것을 느꼈다. 어느 평론가의 말을 들어 보니, 그걸 서정성이라고 하더라. 잘은 모르겠지만 추억 속 소년의 눈으로 과거를 이야기하면서 현재 작가의 시점에서 정서적 진술을 곁들임으로써 풍성한 서정성을 얻고 있다는 뜻이 아닐까. 아무리 어렵고 지겨웠던 과거의 일

"내가 살지 않았던 시대의 기억을 내 자신의 기억으로 반추하는 기묘한 경험을 했다."

청암사에서의 김수이.

도 훗날 추억이라는 마음의 눈으로 들여다보면, 또 다른 새로운 맛이 있고 정서적 친근감에 때로는 그리워지기도 하니까.

박덕규 작가 시점에서 정서적 시점을 곁들인다는 말에 좀더 부연 설명을 할 수 있겠다. 소년이 주로 시달리는 것은 두 가지, 즉 어머니의 매질로 상징되는 '장자'로서의 억압과 가난이다. 그것을 겪은 대로 보여주려 애쓰고 있다. 그걸 보여주는 사람이, 그런 억압에서 현실적으로 벗어나 있는 작가의 자리이다. 이 작가의 자리는 그런데, 그 시절 체험이 준 가르침 위에 서 있다. 벗어나 있되, 그 시절에 빚져 있는 자리에서 그 시절을 보고 있기 때문에 근본적으로 누구를 원망하거나 누구에게 복수하거나 하는 이야기가 나올 수 없다. 이 점 작가의 균형 잡힌 가치관과도 관련이 있다.

김수이 길남이네 식구가 겪는 가난의 고통은 어린 길수의 죽음에서 절정에 이른다. 중년의 길남이가 길수의 죽음을 회상하는 장면에서 이 소설의 서정적 울림 또한 가장 깊고 간절해진다. 작가는 길남이의 회상을 서술하면서 '쓸쓸하고도 다스운 회상'이라는 수식을 붙여 놓고 있다. 이 표현은 그 자체로 모순적이지만, 고통스러운 과거를 반추하는 작가의 이중적인 시선을 잘 보여준다. 쓸쓸하지만 따스하고, 고통스럽지만 그리운 기억. 이 이중적인 기억의 시선을 통해 『마당깊은 집』의 한 시절은 여러 빛깔이 공존하는 가슴 뭉클한 풍경으로 재생되고 있는 셈이다. 우리는 그 아프고 아름다운 풍경 앞에서 이성의 질서 너머에 있는 감성의 질서에 속하게 된다. 뒤섞임과 모순이, 아무런 설명 없이도 있는 그대로 받아들여지는 질서 말이다.

장관동 한옥촌 골목길.

따뜻한 볕 아래 앉아 사팔눈으로 골목길을 오가는 사람을 맹하니 보며 고구마를 거미손으로 떼어 오물오물 먹던 길수의 병든 병아리 같은 모습은 지금도 잊혀지지 않는다. 아니, 문풍지 울어대던 그 춥던 겨울밤을 떠올리면 그 마당깊은 집 시절이 마치 겨울 밤하늘 바람 건너 천공에 걸린 등불이듯 쓸쓸하고도 다습게 회상된다. 〔……〕 길수는 노마님이 살았던 세월의 팔분의 일도 못 살고, 들퍽지게 쌀밥 한 그릇 먹어보지 못한 채 그렇게 죽었다. 〔……〕 차라리 길수의 모습은 죽기 직전보다

"길남이가 안채 밥을 도둑질해 먹는 장면에서는 자꾸 눈물이 나서 읽는데 혼났다."

청암사 돌벽을 배경으로 한 강상대.

마당깊은 집 시절, 잠결에도 섬돌 밑 강아지처럼 골골 앓던 추위에 전 숨결과 더불어 더 애틋하게 회상된다. 이제 겨울에도 길중이와 나는 제가끔 장만한 아파트의 훈훈한 집에서 캐시밀론 이불을 다리에 감고 네 활개 편 채 편안하게 잠을 잔다. 중년이 된 그런 우리 형제를 길수는 아직도 추운 겨울 밤하늘의 천사로, 아니면 쓸쓸하고도 다스운 등불이 되어 내려다보고 있을까.

김수복 이 소설에서 아마 '더러운 세월'은 우리 민족이 겪은 시대적 세파와 관련된 것이고, '비참한 가난'은 전후에 삶의 터전이 없어 도시로 이주해 와 삶의 궁핍한 현실을 헤쳐 가며 사는 성장 소년의 삶과 밀접한 관계를 형성하고 있는 것이다. 이들 두 배경과 현실은 이 작품의 밑그림으로 깔려 있다.

'더러운 세월'은 주인공이 전쟁으로 아버지를 잃고, 편모 슬하에서 장자로서 성장하면서 겪어야 하는 억압과 가난이다. 이 그림자

"가출 장면과 아우 길수의 죽음을 다룬 대목이 인상적이었는데, 작가는 그것이 허구였다고 밝혔다. 상상력의 힘을 느끼지 않을 수 없다."

청암사 돌벽을 배경으로 한 한원균.

의 시대적 그늘은 주인공이 추위에 달달 떨며 어둠이 내리는 성탄 거리에서 파는 신문기사의 내용으로 집약할 수 있을 것이다. 그것은 "다섯 식구 복어국 끓여먹고 동반 자살, 연말 강추위로 동사자 속출, 어제 대구에서만도 네 명, 굶다 못해 자식을 소개소에 팔던 비정의 부 구속, 고아원 소년들 일일 일식 급식에 항의 집단 탈출……" 등으로 '더러운 세월'의 시대적 그늘로 암시되어 있다. '비참한 가난'이 주인공의 의식 형성에 끼치는 내면적 세계에 대해서는 박 교수와 강 교수가 자세하게 분석해 주시죠.

강상대 『마당깊은 집』의 위채와 아래채는 부유함/가난함, 풍요/결핍 등의 대비를 극명하게 보여주는 공간이다. 그러나 이 소설은 그러한 물질적인 대비를 고착시켜 두고 있지 않다. 길남이의 밥도둑질을 용서해 주는 안씨, 물난리를 막는 일에 동참하는 주인댁의 두 아들, 김천댁에 대한 주인댁의 배려 등에서 느껴지듯이 위채와 아래채는 유대의 통로를 열어 놓고 있다. 또 안채의 인물들은 비록 물질적으로는 부유하지만, 정신적으로는 결핍된 모습을 지니고 있음으로 해서 아래채 인물들에 비견되는 상처를 지닌 셈이다. 그렇기 때문에 아래채의 사람들이 위채를 무작정 동경하고 흠모하지 않는 것이다. 이러한 균형감각으로 인하여 이 소설은 인간의 온기를 간직하게 되었다고 본다.

박진숙 이 작품에서는 가난이라는 공통분모가 그냥 넘길 일들도 따뜻함을 느끼게 만들고 있다. 사람들이 적당히 풍요로워져서 가난이 그리워질 때쯤, 개인적인 생활만이 다 좋은 건 아니로구나 싶어질 때쯤, 예전의 가난과 공동생활을 다룬 드라마가 브라운관에 등장했으니 눈길을 모았던 것 같다. 화면도 담백해서 수묵화 같다는 느낌을 줬을 거다. 일이 되느라고 그랬는지 배우, 연출, 작가 삼 박자가 척척 맞아 돌아갔다. 그땐 몰랐지만 지나놓고 보니 정말 드문 경우였다. 그리하여 나는 본격적인 방송극작가의 길로 들어서게 되었던 것이다.

한원균 일단 이 소설에서 다루어진 가난은, 가난 자체를 보여준다기보다는 가난을 극복하는 방식, 입사적인 형태로 존재한다는 점에서 읽는 이로 하여금 가난의 극복 가능성을 미리 암시하고 있다는 점을 들 수 있겠다. 그러면서도 가난으로 하여 발생하는 인간들의 문제가 해소할 수 없는 적대적인 감정에 기초하기보다는 인간적 유대감에 근거하기 때문일 것이다. 가령, 주인댁 밥을 훔쳐 먹은 길남이를 다루는 안씨의 행동이 그것이다. 물건을 훔쳤다는 논리로 단순히 비도덕적 행위로 몰아가기보다는 여러 가지 정황에 대한 따뜻한 보살핌이 먼저 고려되었던 것이다. 이때 어떤 가치가 먼저인

"동화적인 모티프가 많았다. 어린이의 눈높이를 고려해서 일부 개작하면 어린이들이 읽을 성장소설로도 손색없다.'

청암사에서의 조태봉.

가라는 문제가 발생할 것이다. 길남이에게 물건을 훔치지 말라는 도덕적 강제가 우선하느냐, 아니면 자신의 어려움을 극복하게 하는 힘을 주는 인륜적 가치가 우선하느냐 하는 것이다. 당연히 후자에 이 작품은 근거한다. 장작 패는 사람이 보여준 행동 역시 같은 맥락에서 이해할 수 있다. 냉정한 현실원칙보다는 정에 기초한 인간의 유대감이 강조되었다는 점에서 전후 한국자본주의는 맹점을 드러내지 않았을까. 하지만 이것이 바로 가난과 고통을 극복하는 하나의 방법이었음을 부정하기도 힘들 것이다.

김수이 그 외에도 좋은 장면이 참 많지만, 아래채 방 한 칸을 비우기 위해 아래채 사람들이 둘러앉아 제비뽑기를 하는 장면이 가난한 사람들간의 갈등을 엿볼 수 있어 신선했다. 방을 비우게 된 길남이어머니가 길남이를 앞세워 보금당 정기사를 찾아가 담판을 짓는 장면도 잊을 수가 없다.

—이 소설에서 어머니의 아들에 대한 가혹한 훈도를 어떻게 이해해야 할까?

박진숙 길남이어머니는 타고난 성품도 성품이겠지만 거의 본능적으로 감지하고 있었던 듯하다. 그렇게 절제된 모습을 보여주지 않는다면 그 모진 세월을 살아남기 힘들다는 것을……. 남편의 부재로 자신이 가장이 된 처지에 어린 자식도 넷이나 딸려 있지 않은가. 아이들을 강하게 키우기 위해 어머니는 혀를 깨물고 자신의 감정을 죽인 듯하다. 나도 자식을 키워 보니 이제야 조금 알겠다. 부모란 자신의 감정을 자식들에게 다 보여줄 수 없다는 것을…….

김수복 본능으로서의 모성이라는 점에서 나도 유사한 생각을 해본다. 어머니의 가혹한 훈도는 거친 삶의 격랑을 헤쳐 가는 운명에 처했을 때 나타나는 우리 어머니들의 강인한 모성의 한 표현이라고 본다. 아니 모성이기 이전에 생활본능 속에서 가정의 중심 지키기다. 가정의 중심 자리, 이는 주인공을 대구로 불러 올린 다음의 긴 인용 대목에서 잘 나타난다. 또한 그 중심의 자리에는 싱거 재봉틀이 있다. 이 가정의 중심의 자리를 길남을 비롯한 자식들에게는 강한 모성으로서의 모습과 자식들을 강하게 키우기 위한 어머니의 모습으로 이해할 수 있을 것이다.

> "인제사 우리 식구가 세 끼 밥은 겨우 묵을 만큼 돼서 니를 대구로 불러올린 기다. 길남이 니를 진영 바닥에 그대로 놔뒀다간 니 입이사 우째 해결하겠지만 그 촌바닥에서야 꼴머슴 아니모 장돌뱅이밖에 더 되겠나.

그래도 니는 이 집안으 장잔데 소학교만 마쳐서야 장차 멀 해묵고 살겠노. 노동판에 나설라 캐도 약골이 니 몸 가꼬는 어데 한 달인들 제대로 배기내겠나. 그런데 길남아, 보다시피 중학교 입학 시기를 떨가뿌렸으이께 니는 한 해를 집에서 놀 수밖에 읎구나. 니를 한 달 빨리 데리고 와서 우째 중학교에 넣어볼 마음도 묵었으나 아직은 우리 식구 입 살기에도 빠듯해 니를 당장 학교에 넣을 행핀이 몬 돼서 마 그래 됐다. 그러나 집에서도 열심히 공부해서 내년에는 일차 중학교에 꼭 입학해야제. 이 에미가 죽을 마디가 나더라도 너그만 공부 열심히 하모 학교는 남들이 시키는 만큼 시킬 끼다."

김수이 어머니가 여느 어머니와는 다른 성품의 소유자인 것은 분명하다. 그러나 길남의 어머니는 실종된 남편의 역할을 대신하기

약전골목을 걸으며(장옥관 시인이 동행했다).

"길남이를 중심으로 등장인물의 행적을 연표를 작성하면서 마치 내가 이 훌륭한 작품을 쓰고 있는 것 같은 착각을 했다."

장관동에서의 최화성.

위해 더욱더 자신을 극단으로 몰아간다. 그녀는 어머니와 아버지의 역할을 동시에 수행하는 어머니이다. 더 나아가 길남의 어머니는 가부장적 질서를 숭배하는 어머니, 즉 아버지화된 어머니이며 남성화된 여성이다. 이 작품에서 '강인한 모성'의 신화는 이처럼 가부장제의 이데올로기로 짙게 물들어 있다. 작품의 주제나 성향과는 무관하게, 강인함을 품은 부드러운 모성성에 대한 아쉬움이 남는 것은 이 때문이다.

박덕규 마치 본능론과 환경론이 대립되고 있는 듯하다. 여기에서 또 하나의 학설(?)을 제기해 보겠다. 길남이어머니의 경우 좀 극심한 편이긴 하지만, 이런 어머니는 꽤 있다. 유식(?)하게 말하면, 이성이 감정을 압도하는 사람의 경우 이럴 수 있다. 프로이트 식이라면 초자아가 이드(id)를 지나치게 억압한다는 식으로 말할 수 있겠다. 군대 가는 아들에 대해 걱정하는 눈빛이 조금도 안 보인다거나 하는 그런 어머니, 자식이 죽은 다음날 아침부터 일 나가는 어머니……. 냉혹하게 살지 않으면 세상 살아가기 힘들다고 생각하는 사람은 이럴 수 있다. 누가 자식이 주눅들고 살기를 원하겠는가. 독하게 살아야 살 수 있다고 생각하는 어머니의 훈육 방법이었다. 일종의 이성론이랄까? 길남이는 어머니에게 그걸 배우고 자랐을 것이다. 그리고 그런 삶이 후천적 본능이 되지 않았을까? 그 점, 개인적으로 아는 작가 김원일 선생에게서 자주 느끼고 있다.

—이번 '마당발' 기행에 참여한 사람 중에는 소설 무대가 되는 대구에 첫 나들이를 한 사람도 있다. 실제 와보니까 어떤가?

최화성 『마당깊은 집』의 무대가 되었던 장관동 일대에 도착했을 때는, 세월의 흐름에 발맞춰 많이 변모된 모습에 적잖이 실망을 했다. 그러나 현대식으로 바뀐 약전골목과 시장통을 누비고, 거의 그 당시 모습 그대로 보존되어 있던 중국인 학교와 제일교회를 둘러볼 때는 소설 속 길남이가 어디쯤에 있었을까, 찾게 되었다. 내가 걷고 있는 이 길 중 어느 한 부분을 길남이도 걸어다녔을 것을 상상하며, 길남이와 친구라도 된 양 마냥 신이 났었다.

> 긴 골목을 빠져나가 종로통 중간쯤에 대구에서는 규모가 가장 큰 중국 요릿집 '군방각'이 있었다. 그 건너에 있는 중국인 학교까지는 마당깊은 집에서 삼백 미터가 넘는 거리였다. 어머니가 그렇게 명령했으니 물 길어오는 일을 하지 않을 수 없었고, 일을 안 하면 밥을 굶길 터이므로 나는 물지게를 빌려 이모님댁으로 갔다. 어머니는 한번 뱉은 말은 늘 모질게 실천했으므로, 밥

을 굶기겠다면 반드시 굶기는 분이셨다. 오늘 저녁 일 끝내고 니 매 좀 맞아야겠다고 말씀하시면, 그날 밤 어머니는 반드시 숯포대 매를 들었다. "아푸더라도 소리 내서 패악치지는 말거라. 시끄러버모 옆방에 잠을 못 잘 테이께. 이 악물고 안 참으모 니가 어데서 잠을 자든동 집에서 쫓가내뿔 테이께." 어머니는 이렇게 다짐을 놓곤 핏줄이 설 만큼 사정없이 내 종아리를 쳤던 것이다.

조태봉 50년 전 그 집이 남아 있지 않아 아쉬웠다. 하지만 길남이를 비롯한 마당깊은 집 식구들이 나다녔을 길은 그런 대로 짐작할 수 있었다. 아무튼 나는 이번 기행을 통해 소설의 의미를 새삼 되짚어 보게 되었다. 50여 년이란 세월도, 당시의 마당깊은 집도 모두 흔적 없이 사라져 버리고, 그 집에 살았던 사람들도 뿔뿔이 헤어져 버렸지만,

군방각이 있던 호텔./ 군방각 맞은편에 위치한 중국인 학교는 지금도 남아 있다.

소설 속에는 그 모든 것이 시공을 초월한 채로 고스란히 살아남아 있었다. 앞으로 셀 수 없이 오랜 시간이 흐른다 해도 마당깊은 집은 소설 속에서 유구할 것이다. 그리고 그 집을 찾는 사람들에 의해 새로운 의미로 다시 태어나기도 할 것이다.

시인 이상화가 살던 대구 계산동 집.

김수이 장관동 입구의 약전골목을 감싸고 있던 한약재 냄새가 지금도 나는 듯하다. 소설 속의 길남이는 이 냄새를 맡으며 그 길을 수없이 오고갔을 것이다. 아마 성년의 길남이에게 한약재 냄새는 어린 시절을 떠올리게 하는 민감한 촉매제가 되었을 것이다. 이번에 대구가 초행길이었는데, 약전골목의 유래가 조선시대의 약령시장에서 비롯되었다는 사실도 흥미로웠고, 장관동의 오래된 한옥들 속에서 철거될 위기에 처한 이상화의 생가를 만난 느낌도 각별했다. 사람들로 넘쳐나는 재래시장을 지날 때는 그 활기에 덩달아 신이 나기도 했다. 길남이가 살았던 1950년대의 대구 역시 이렇게 북적이는 생활의 현장이었을 것이며, 꼬불꼬불한 장관동의 골목만큼이나 복잡한 삶의 애환들로 뒤덮여 있었을 것이다.

박진숙 약전골목은 내가 다닌 학교와 가까운 거리여서 재학중엔 자주 지나다녔다. 주로 학교를 파하고 목적지도 없이 거리를 배회할 때 지나다닌 곳인데, 약재들을 바깥에 내다놓고 작두질을 하는 것도 볼 수 있었고 그 친숙한 냄새 또한 좋았었다. 그러나 지금은 너무 많이 달라져 있어서 그 골목에서 교복 입은 그 옛날의 내 모습을 연상해내는 일은 쉽지 않았다.

김수복 장관동 일대의 약전골목은 대구의 상징적 거리다. 1970년대 초 중앙공원 일대를 서성이거나, 작품에도 나오지만 주인공이 신문을 팔던 동성로 송죽극장 일대를 배회하곤 했다. 늘 대구에 오면 가슴이 설레인다. 1960년대 말에서 1970년대 초에는 그런대로 문화적 냄새가 거리에 풍겼는데 이제는 많이 달라졌다. 추억은 멀리 가 버렸다. 그래도 고향은 어머니가 있고, 푸른 청춘의 깃털들이

장관동 한옥촌의 일부가 지금은 주차장으로 변해 있다.

어디엔가 굴러다니겠지 생각해 본다.

박덕규 대구에서 어른이 될 때까지 살았다. 그런데, 이 소설의 주요 무대라고 할 수 있는 대구역이나 송죽극장, 양키시장 쪽은 다 기억해낼 수 있는데, 장관동 일대는 잘 알 수 없었다. 이 소설을 읽고서 언젠가는 둘러봐야지 하고 있었는데, 참으로 늦었다. 나 같은 사람은 타지 사람들에게 이런 곳을 안내해야 할 의무가 있다.

—이 소설을 다시 드라마로 만든다면?

박진숙 점점 더 이기적이고 개인적으로 돌아치는 삭막한 세상이다. 요즘이야말로 이런 드라마가 필요한 시점이 아닐까 한다. 다시 쓴다면 전보다 훨씬 더 원숙하게 쓸 수 있을 것 같다. 그새 나는 12년이란 세월을 더 살지 않았는가. 삶이란 다 치르면서 사는 거니까 뭔가 치른 만큼 상황을 더 잘 녹이고 전보다 훨씬 절제된 대사를 구사하여 깊은 여운을 남기는 그런 드라마를 쓸 수 있을 것 같다.

—이 소설에서 동화 모티프를 얻은 동화작가로서 한 마디……

조태봉 이 소설을 동화로 쓴다면 어떤 반응을 보일까? 이만한 동화가 있을까? 물론 내 생각이긴 하지만……. 사실 이 소설은 성장소설로 볼 수 있는 만큼 작품 곳곳에 동화적인 이야기가 많다. 그 에피소드를 뽑아내 짧은 동화로 꾸밀 수도 있겠고, 이 자체로도 한 편의 장편동화를 만들 수 있을 것이다. 물론 어린이의 눈높이를 고려한다면, 어휘의 난이도를 조정하고 문장의 길이를 가급적 짧게 하는 등 일부 개작이 필요할 수도 있고, 작품 분량이 아이들이 읽기엔 너무 길다는 점이 문제될 수도 있겠다. 하지만 길남이가 전쟁 후의 어려운 시기를 체험하면서, 그리고 무서운 어머니의 장자에 대한 기대감 때문에 가해지는 채찍질을 이겨내며 성장해 가는 이야기는 아이들에게도 충분히 설득력 있게 다가갈 수 있으리라 생각된다.

—『마당깊은 집』의 소설어사전을 정리하면서……

강상대 『마당깊은 집』의 소설어를 정리하는 것이 나의 주된 일이었다. 국립국어연구원에서 편찬한 『표준국어대사전』과 김윤식 · 최동호 교수가 편찬한 『한국현대소설 소설어사전』을 펴놓고 대부분의 소설어를 조사했고, 이들 사전에서 찾아낼 수 없는 어휘들은 다른 사전을 뒤지는 작업을 했다. 이런 일은 수공업적인 노력과 시간으로 가능한 것이므로 소설어 정리 자체에는 어려움이 없었다고 하겠다. 그런데 나름대로의 욕심으로는 『마당깊은 집』의 소설어가 보여주는 어휘적 특성, 더 나아가서는 김원일 선생만의 독특한 어휘 사용법을 관찰할 수 있었으면 하고 바랬다. 그런 욕심은 김원일 선생의 다른 많은 작품들에 대한 어휘 채록이 진행된 이후에야 가능한 것이므로 부득이 일차 작업에 만족할 수밖에 없었다. 이문구 소설어 사전, 김유정 소설의 어휘 연구, 『혼불』에 나타난 어휘 연구 등 소설어에 대한 조사 연구가 이미 진행된 차제에 김원일 소설어에 대한 조사 연구가 그 방면의 전문적인 연구자에 의하여 이루어졌으면 한다.

—이 소설은 의외로 '총체성'을 지닌 소설이다. 말하자면 이 소설에 대해 평론을 쓰기가 쉽지 않다. 평론을 써 온 경력에서 한마디씩……

한원규 설명이 안 된다기보다는, 길남의 성장과정에서 발생했을 성적 호기심의 문제가 빠져 있는데, 이것이 혹, 작가의 자기 검열 문제나 주변 정황에서 비롯되지는 않았나 하는 점이란 생각이 들었다. 가까이에서 어른들의 삶을 엿볼 수 있는 생활환경에서 자란 소년의 눈에 비친 모습이 가난 문제와 풍경에 모아진 현상을 어떻게 설명할 수 있을까 하는 점이다. 이는 다른 방법론이 동원되어야 한다고 본다. 가령, 작가론의 관점에서 그의 다른 작품들에서도 공통적으로 이 같은 문제가 발생한다면, 그 이유가 어디 있는지를 작가의 성향, 현재 개인의 환경, 심리적 편향성 등을 분석해야 할 것이다.

박덕규 이번을 계기로 소설에서의 서정성의 층위에 대해 설명해 보고 싶은 욕구가 치솟았다. 소설은 원래 서정성을 추구하는 장르가 아닌데도, 서정성을 지나치게 강조하는 풍조가 우리에게 있다. 그 점 때문에 시대적 현실을 넘어서는 초월적 서정성이 소설에서도 존중되는 경향이 있다. 한편으로는 서정성과 시대적 현실이 결합되는 소설이 있는데, 이럴 경우 보통 이데올로기적 편향성이 개입된다. 『마당깊은 집』의 서정성은 현실이 풍족하게 내재되면서도 놀랄 만큼 균형이 잡혀 있다. 한국 소설의 서정성 문제를 반성하는 자리에 그 바람직한 모델로 『마당깊은 집』을 내세우고 싶다.

김수이 나로서는 통합적으로 설명이 안 되는 점보다는, 이 작품의 핵을 명확하게 설명하기 어려운 점에 대한 갈증이 더 컸다. 누구나 느끼면서도 한마디로 표현하기 어려운 『마당깊은 집』의 매력은 어떻게 진술될 수 있을까? 경험하지 않은 것에 대한 독자들의 깊은 친화력과 애정은 진정 어디에서 연유하는 것일까? 참고로, 이 질문들은 『마당깊은 집』을 가로지르고 있는 작가의 섬세한 시선과 날카로운 필치에 대한 모종의 질투(?)를 포함하고 있음을 밝혀 둔다.

—문학답사 여행이란 형식에 대해 한마디씩……

박진숙 이런 여행이 앞으로 많이 기획되고 실행에 옮겨졌으면 하는 바램이다. 웃고 떠들기만 하는 여행이 아니라 뭔가 생각을 할 수 있게 해주어 좋았다. 이번 기행에서는 얻은 게 참 많았다. 청암사는 때묻지 않은 단아한 산사였는데 곳곳에 '묵언'이라 적혀 있어 뭔가 찔리는 느낌이었다.

김수복 문학기행, 특히 작품의 현장 읽기는 살아 있는 문학의 지층을 두드리는 작업이다. 층층이 쌓인 문학의 소리를 현장에서 느끼고, 텍스트 밖의 의미를 몸으로 찾아 현장감을 살리는 작업이다. 첫 기행이지만 이번은 우리 모두가 길남이네 가족이 되어 '마당깊은 집'의 생활상을 재구성하고, 그 시대적 가난의 암울한 현실을 되새겨 볼 수 있어 아련한 시간 여행을 한 기분이다. 나는 개인적으로 우리 문학의 지형도를 현장성 있게 복원하고 그 살아 있는 작품들을 영원히 개방시키는 일을 해야 한다고 믿고 있다. 문학은 인문 지리의 중요한 정신적 문화재다. 이를 생생하게 개방하고 그 텍스트의 현재와 앞으로 새롭게 읽힐 현장을 체계적으로 답파해야 할 문학적 의무가 우리에게 있다. 이번이 그 첫 장을 여는 중요한 걸음이다.

강상대 이번에 가진 『마당깊은 집』의 문학기행은 여러 가지로 뜻깊은 모임이다. 학생들과 함께 많은 문학기행과 답사를 다니고 있지만, 이처럼 한 작가의 한 작품에 몰입하는 경우는 없었다. 그런데 문학의 현장을 방문할 때 항상 갖는 느낌은 그 현장의 훼손과 자료의 손실이 너무나 심각하고, 또 보존에 대한 인식이 희박하다는 것이다. 뭔가 남아 있어야 우리가 찾아갈 게 아닌가. 이번 모임을 계기로 삼아 대구 장관동에 『마당깊은 집』의 무대임을 알리는

군위 삼존석굴(일명 '제2석굴암') 근처에 자리한 한 숙소에서 일박을 하고 나서.

자그마한 표지판이라도 하나 세워졌으면 하는 바람이 있고, 이런 노력은 『마당깊은 집』에만 그칠 것이 아니라 다른 많은 작품, 많은 작가들로 이어졌으면 한다. 우리 땅 곳곳이 문학의 현장으로 영원히 살아 있어야 하지 않을까.

조태봉 다음은 어디로 가나? 좋은 작가, 훌륭한 작품의 뜻깊은 무대를 또 만날 수 있었으면 한다.

김수이 한 작품을 주제로 한 일박 이일의 여행은 재미있고 유익했다. 특히 대구의 한 식당에서 먹은 갈치조림과 금능군의 지례면에서 맛본 '꺼먹돼지 삼겹살구이'는 이번 여행의 빼놓을 수 없는 즐거움이었다. 이렇게 좋은 사람들과 즐겁게 먹고 마시고 이야기하는 것, 어떤 작품에 대한 애정과 비판을 신나게 털어놓는 것, 그렇게 하루나 며칠을 작품 속에서 사는 것, 이것이 문학답사 여행의 바람직한 모습이 아닐까 한다. 무릇 여행이란 어떤 틀을 갖지 않을수록 풍요로워지는 것이니까, 문학답사 여행도 예외는 아닐 것이다.

최화성 지난해 '청동거울' 식구들과 문화답사를 겸해 충남 서해안 쪽을 돌면서 보고 느낀 것이 많았다. 그때 다음 기행지가 대구 쪽이 될지 모른다는 얘기를 들었는데, 이렇게 소설 읽는 숙제가 있을 줄은 몰랐다. 그 숙제를 기꺼이, 그리고 열심히 하느라고 했다. 가옥구조를 그리고 등장인물을 정리하고 주인공 길남이를 중심으로 연표를 작성해 보는 동안 마치 내가 이런 훌륭한 작품을 쓰고 있구나 하는 착각도 했다. 소설쓰는 훈련까지 톡톡히 한 셈이다.

박덕규 모든 문필가들이 다 그래야 할 필요는 없지만, 글을 쓰는 일은 문학교육을 하는 일이기도 한 일이어서 일단 문필가라면 문학교육자의 기능을 절로 가지게 되는 셈이다. 특히 나로서는 문학교육자(교수, 문학기획자)로서의 책무를 피할 수 없는 문필가가 되었다. 문학교육자로서의 삶이 작가의 삶에 도움도 주고 방해도 된다는 것이 내 생각이다. 외국 나들이를 하고 온 사람들이 유명한 문학인의 고향이 잘 보존되고 있다는 사실에 대해 부러움을 표하는 것을 자주 본다. 나는 이렇게 썼다. "내가 살고 있는 집이 미래의 문화유산이다. 나를 감동시킨 작품이 있고 그 무대가 있는데, 왜 우리에게 문학의 고향이 없다는 말인가." 길은 먼저 걷는 자에 의해 만들어진다. 오늘 우리는 『마당깊은 집』으로 가는 길을 처음 만들어 보았다. 다음으로 또 어떤 길을 만들 수 있을 것인가. 읽고 즐긴 작품이 있고, 그 흔적을 남기고 싶은 자라면 그 길을 만들 수 있다.

청암사를 배경으로 선 조태봉, 김수복, 박덕규, 한원균(왼쪽부터).

—'마당발' 현지 방담 중에서

김수이 『마당깊은 집』을 읽는 동안 저는 소설 속의 모진 가난과 시련이 마치 제가 직접 겪은 일처럼 느껴졌습니다. 제가 살지 않았던 시대의 기억을 제 자신의 기억으로 반추하는 기묘한 경험, 『마당깊은 집』은 저에게 이런 특별한 경험을 선사한 매력적인 작품입니다.

한원균 그건 아마도 우리가 경험했던 과거와 현재의 시간이 아주 근접해 있다는 사실과 무관하지 않을 겁니다. 빠른 시간 동안 여러 가지 문제를 경험해야 했던 것이지요. 가난 문제도 그렇다고 봅니다.

● '마당깊은 집'이 있던 자리와 그 주변

박진숙 게다가 길남이네를 비롯해서 그 마당깊은 집에 살고 있는 사람들, 주인댁, 경기댁, 평양댁, 김천댁, 준호네의 집집마다의 아픔이 잘 어우러진 것도 이 작품의 큰 힘이라 할 수 있어요.

한원균 현재까지도 남아 있는 자료의 힘일 수도 있지요. 자기 체험의 사실성에 자료적 뒷받침이 있다고 생각합니다. 그러면서도 역시 작가적 역량이 느껴지는 것은 어떤 사건의 줄기에다가 인물의 내면까지도 되살리고 있다는 겁니다. 이런 부분이 있어요. "1975년 4월 30일, 스무 해에 걸친 베트남 전쟁에서 미군이 개입 종지부를 찍고 사이공을 베트공에게 넘겨 준 날, 나는 텔레비전의 그 충격적인 화면을 보며, 문득 마당깊은 집 시

절 주씨가 내게 남긴 말을 기억해내었다"라고 서술한 부분이죠. 그리고 이 말 앞에 그 주씨의 말을 이렇게 적었습니다. "나무 패기를 힘자랑으로만 아는 사람은 제 몸 다치기 십상이지. 죽은 나무두 깡아리가 있으니 잘 얼러줘야 해. 너두 내년쯤은 장작 패는 선수가 될 거야. 오늘 보니 곧잘 패던데. 또 보자구. 너두 황해도 수안군 삼정면 주씨 집안을 잊지마. 내 이리루 지날 때 종종 들를 테니"라고 말입니다. 따라서 작가적인 개입, 즉 허구화에 대한 노력이 없지 않았다는 겁니다. 그러나 더 중요한 것은 인물 설정과 상황의 논리가 살아 있는 상태에서 어우러지게 하는 능력이 아닐까요.

박덕규 그런 점들 때문에 이 소설이 50년 전 시대를 다루고 있어도 마

치 지금 경험하고 있는 듯이 읽어 갈 수가 있을 겁니다. '가난' 문제가 요즘 통하겠느냐는 식으로 지나간 문학, 낡은 주제라 생각하면 오산입니다. 문학을 대하는 요즘의 태도를 반성케 할 만한 작품이기도 합니다.

조태봉 읽기 전에는 1950년대라는 시대가 주는 거리감 같은 것이 있을 줄 알았는데, 읽는 동안 전혀 낯설지 않더라고요. 그 이유는 1950년대 이야기지만, 그 이야기 안에는 1970년대 우리 도시 변두리의 이야기와 공유할 수 있는 도시 변두리적인 요소를 가지고 있기 때문이라고 생각합니다.

박덕규 이 소설 자체가 다면체적인 구실을 하고 있지요. 이데올로기에 심취해 있던 사람이 봐도 내 이야기라고 느낄 테고, 셋방살이를 하던 사람

이 봐도 내 이야기라고 느낄 테고……. 누가 읽더라도 접근할 수 있는 길이 많은 그런 소설입니다.

강상대 아래채 사람들끼리 어떻게든 쫓겨나지 않고 마당깊은 집에서 겨울을 보내기 위해 경쟁이라도 하듯 장작을 쌓아두고 오래 버티기 하던 장면도 기억에 남습니다.

김수복 1960년대 중반 이후에도 다 있었던 일이에요. 주인집과 세들어 사는 사람들이 쌓아 놓은 연탄의 높이가 달랐으니까요. 나는 날마다 어머니 심부름으로 연탄을 두 장씩 들고 다녔는데, 그 당시 높이 쌓여진 주인집 연탄이 별난 세계처럼 보였으니까요.

박진숙 이 작품에서는 가난이라는 공통 분모가 아무렇지도 않은 것을 따뜻하게 만들고 있어요. 사람들이 적당히 풍요로워져서 가난이 그리워질 때쯤, 예전 가난을 다룬 드라마가 브라운관에 등장해서 인기를 끌었다고 생각해요. 수묵화 같은 느낌이 들잖아요.

한원균 저는 시골에서의 농촌 체험을 하지 못한 도시 태생들은 좋은 시인이나 소설가가 되기 힘들다고 생각합니다. 일종의 체험 영역의 협소화, 단선화 때문이 아닐까 합니다.

김수복 그 대신 도시 태생 작가들은 농촌 태생 작가들에 비해 실험성을 가지고 있지요. 시골에서 태어난 작가들은 파괴적인 것, 실험적인 것, 이

런 거 잘 못하거든요.

*

한원균 길남이는 사춘기에 접어들고 있는 소년인데, 기생들이 자신의 집에 와서 옷을 갈아입는 모습을 엿보고 싶지 않았을까요? 옆방에서의 작은 이야기들까지 새어들 정도면, 부부생활이라든지, 성에 관한 부분의 이야기가 나올 법도 한데 없거든요.

박진숙 김원일 선생의 소설 전체에서 성 문제는 크게 다룬 적이 없었던 듯하네요.

박덕규 너무 짓눌려 버린 것이지요. 어쩌면 작가가 짓눌려 있어서 길남

이에게까지 그 억누름이 그대로 전해진 것일 수도 있고요. 6·25의 영향력에서 가장 먼저 벗어난 작가가 최인호 선생이라 한다면, 6·25와 관련 없는 글, 그러니까 그런 대사회적 문제를 담지 않은 글을 쓸 수 없는 작가가 바로 김원일 선생이지요. 장편 『사랑아, 길을 묻는다』는 남남인 유부남, 유부녀가 사랑의 도피 행각을 벌이는데도 그 흔한 키스 장면 하나 없어요.

(기행을 마치고 돌아와 이 대목은 어떤 식으로든 재고되어야 한다는 얘기가 나왔다. 김원일 선생의 소설에 성애 장면이 집중적으로 서술된 내용이 전혀 없는 것이 아니기 때문이다. 『늘푸른 소나무』에도 질펀한 장면이 나오고, 연작 장편 『슬픈 기억의 시간』 중 「나는 나를 안다」 편은 색욕과 물욕에 눈먼 인생을 살았던 여자가 주인공이다. —편집자 주)

*

한원균 공동체에 대한 기억이 매우 세밀하게 드러나 있습니다. 이 작품에서 한주라는 인물이 마지막까지 나오는데, 그 한주라는 인물에 대해 작가의 기억의 밀도가 높았던 것 같습니다. 나중에 세월이 흐른 뒤에, 만나게 되는 사람 가운데 한 명이 인쇄소를 하는 한주이지요.

김수이 아래채 방 한 칸을 비우기 위해 아래채 사람들이 둘러앉아 제비뽑기를 하는 장면에서 가난한 사람들간의 갈등을 엿볼 수 있었어요. 또, 방을 비우게 된 길남이 어머니가 길남이를 앞세워 보금당 정기사를 찾아가 '쇼부'를 보는 장면도 잊을 수가 없어요.

박덕규 쇼부? 6·25 때나 들어볼 말인데…….

김수복 김원일 선생이야말로 우리 세대가 안고 있는 사회 문제를 끊임없이 물고 늘어져서 성공한 작가라고 할 수 있어요.

박덕규 서사가 살아 움직이는 세대이며, 작품 안에 서사와 역사를 몸으로 만들어낸 작가지요.

(정리 : 김수복·최화성)

'마당깊은 집' 전경(그림 조태봉)

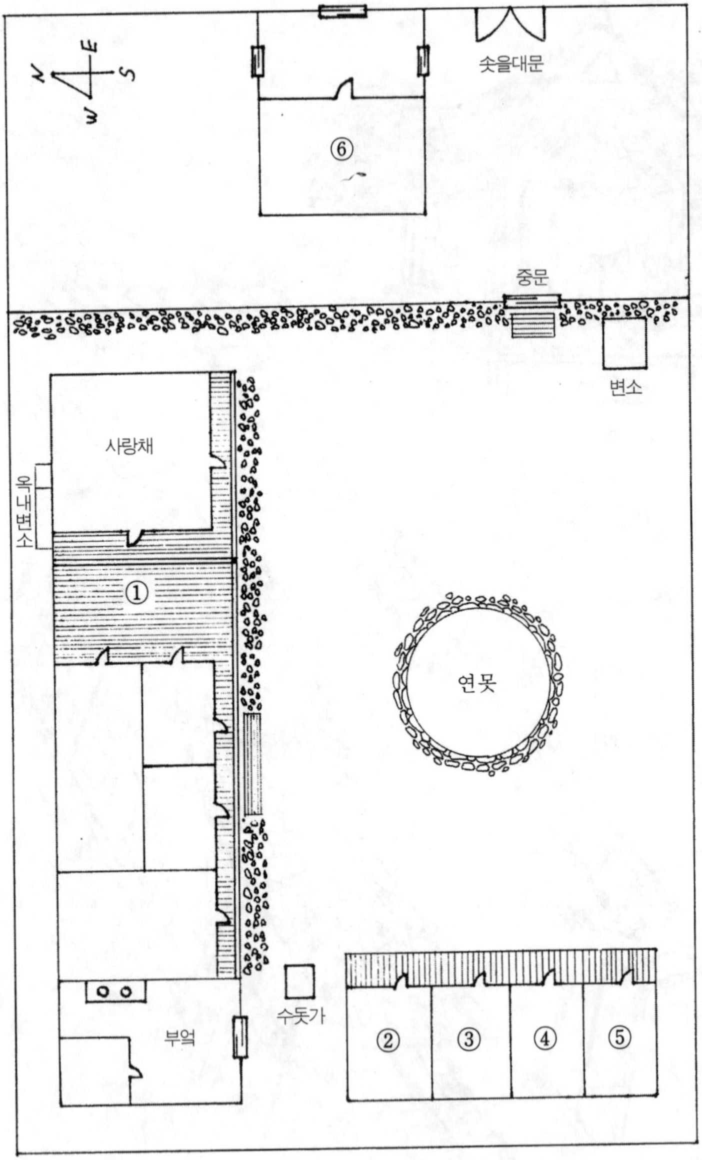

'마당깊은 집' 가옥구조도

『마당깊은 집』 가옥구조와 세대별 거주자

① 위채

— 주인집. "여러 대에 걸쳐 경북 의성군에서 알려진 토호 집안으로, 주인아저씨 증조부되는 이는 조선말 대구부(大丘府) 도사(都事)를 지낸 문벌". 여덟 식구.

· 주인아저씨: "출근 때나 그 얼굴을 잠깐 볼 수 있을 만큼 늘 바쁜 사람". "외박이 잦았고, 허구한 날 밤이 깊어서야 술에 취해 집으로 돌아"옴. 집안일에 무신경. 대구 변두리 침산동에 면방적기 열몇 대를 차려 놓은 공장(오성직물)을 운영.

· 주인아주머니: "모란꽃처럼 얼굴이 훤하고 몸이 피둥"하고 "집안 살림살이보다 바깥으로 나도는 활동가". "대구시 번화가 송죽극장 입구에 귀금속과 시계 파는 점포를 열었고, 유한층 부녀자를 상대로 계주(契主) 노릇을" 함. "금목걸이에 금팔찌를 자랑하며 구슬백을 팔에 걸치고" 다님.

· 노마님: 안살림을 맡아함. "칠순에 이른 연세였으나 아직 허리가 꼿꼿할 정도여서 장을 보러갈 때도 식모 안씨를 거느리고 나서서 장사치에게 셈을 손수" 치름. 아래채 사람들에게 며느리 흉으로

'마당깊은 집' 사람들

신가영 만화
(만화로 보는 한국명작소설, 금성출판사)에서

하루를 보냄.

· 성준형: “다른 학생들과 달리 머리칼에 포마드를 발라 빗고 넥타이 맨 정장 차림으로 학교를” 다니고, “공부는 뒷전이고 집에 있을 때면 늘 전축을 크게 틀어놓고 대청에서 혼자 춤 연습을” 함. 별명이 ‘연애대장’. 시내 사립학교 법대를 보결로 들어감.

· 짱구형: 고등학교 이학년.

· 똘똘이형: 중학교 이학년.

· 동희누나: 주인아저씨 조카. 의성에서 대처로 유학 나옴. 고등학교 삼학년.

· 안씨: 식모. 경북 고령이 고향. “뒷머리에 쪽을 쪘지만 이제 스물 중반의 새파란 과수댁”. “존색시답게 부지런하고 심성이” 고움.

②아래채 첫째 방

—경기댁. 경기도 연백군에서 피난 옴. 식구는 셋.

· 경기댁: 나이는 쉰 초반. “그 나이로서는 드물게 개성에서 고녀까지 다닌 유식한 아주머니”. “배운 만큼 아는 것도 많아 했던 말을 소 여물 씹듯 주절대”는 것이 얄미워 어머니와 평양댁은 싫어하지만, 잔소리 많은 노마님에게는 누구보다도 잘 맞추어 줌. “얼굴이 검누렇게 뜬 데다 늘 부기가” 있고, 위나 장이 좋지 않은지 시도 때도 없이 “버들피리 소리내듯 빌릴리 방귀를” 흘리고 다니며 변소 출입도 잦음.

· 홍규씨: “육이오 전쟁 전 개성에서 살 시절 치과 병원에서 일한 경험을 바탕으로 전쟁 때 군생활을 위생병으로 근무하여 익힌 기공 기술”로 변두리 치과 병원 기공사(技工士)로 일함. 키가 멀대

스페인어판에 실린 군고구마 손수레 그림.

같은 노총각. "그는 키 큰 사람이 싱겁다는 말 그대로 사람 좋아 보이는 웃음을 늘 입에 달고" 다님.

· 미선이누나: 미 8군 피엑스에서 판매원으로 근무. 야간 고등학교에 다님. "모양깨나 내는 멋쟁이 처녀지만 부지런하고 살뜰한 개성처녀". 늘 껌을 씹고, "입 안에서 소리내어 터뜨"림. "난 한국이 싫어. 무슨 수를 쓰든 이 땅을 떠나고 싶"다며 미군과 결혼해 미국에 가서 살기를 갈망.

③아래채 둘째 방

— 준호네. 퇴역 장교 상이군인 가족. 강원도 평강이 고향. 세 식구.

· 준호아버지: "사람을 볼 때 그 쏘아보는 눈초리가 전쟁터의 적군을 대하듯 적의를 품은 데다" "오른팔을 전쟁터에서 잃어 고무팔 달린 쇠갈고리 두 개가 손가락 구실을" 하기 때문에 겉모습은 위협적이지만 식견이 넓고 마음이 따뜻한 사람. 밤마다 "잠결에 고함을

지르며 전장의 악몽에 쫓"기지만 평소에는 "말수 적은 조용한 사람".

· 준호엄마: 과일 행상을 함. "여윈 얼굴이 볕에 그을려 구리색이었고, 목과 팔이 가느다란 그네는 한번도 웃는 얼굴을 볼 수 없을 만큼 늘 피곤에 찌들어" 있음.

· 준호

④아래채 셋째 방

—평양댁. 네 식구.

· 평양댁: 양키시장에서 헌 군복을 파는 장사를 함. "중공군 참전에 따른 일사후퇴 피난길에 미군 비행기의 폭격으로 서방을 잃은 그네는 군복으로 만든 여자용 홀태바지 차림에 역시 헐렁한 군복 윗도리를 입고 허리에는 전대를 차고" 다님. "목소리가 굵직했고 몸이 옆으로 퍼진 펑파짐한 그런 여자들의 시원한 성미 그대로 활달한 니북 여자".

· 순화누나: "깜조록한 얼굴에 쌍꺼풀진 눈이 예쁜" 혼기찬 처녀. 오전에는 헌 군복을 세탁하고 오후에는 수선하는 일을 함.

· 정태씨: 폐가 나빠 늘 하는 일 없이 집에 있음. "늘 화가 끓는 상판의 말라깽이". 좌익사상에 빠져 있음. 식구 외에는 김천댁과만 친하게 지냄.

· 민이형: 여드름이 울긋불긋하고 "정태씨와 달리 몸이 실했고 가까운 경북고등학교 졸업반 학생"이며 공부를 잘함. 위채 짱구형과 똘똘이형의 가정교사.

프랑스어판에 실린 '마당깊은 집' 전경.

⑤아래채 넷째 방

—길남이네 집. 어머니와 네 남매.

· 어머니: 요릿집 기생들의 조선옷을 삯바느질함. "큰 몸집만큼이나 그 목소리가 늘 컸"음. "한번 뱉은 말은 늘 모질게 실천"하는 강인함을 지님. "누구보다 자식에게만은 엄격하고 냉정한" 사람. "전쟁 와중에서 겪은 쓰라린 체험은 어머니를 그렇게 정 없이 메마른 여자로 바꾸어 놓"음. 정직하고 곧은 성품.

· 선례누나: 야무진 성격. "굶는 봉창이라도 하듯 누나는 공부에만 매달"림. "사범학교에 진학하여 졸업과 더불어 복사꽃 피는 시골 마을 초등학교 선생님이 되는" 것이 희망.

· 나(길남이)

· 길중이: "동무가 없어 놀러 다닐 줄을 몰랐고 애늙은이같이 늘 표정도 말도 없"음. "시험지는 늘 백 점만 받아왔으나 결코 뛰어다니는 법이 없는 그는 걸핏하면 다리를 휘청하여 넘어져 무릎을 깨곤" 함.

· 길수: "전쟁이 나던 해 4월에 태어나 젖은커녕 미음조차 제대로 먹지 못해 꼬치꼬치 말랐던 막내아우". "푸른 풀코를 인중에 달고 다"님. 사팔뜨기에 "팔다리가 앙상하게 마른 데다 앙가발이걸음". "그 나이 또래에 비해 말이 어눌한 만큼 생각 또한 아둔"함.

⑥바깥채

—김천댁. 두 식구.

· 김천댁: "그네는 대문 왼켠 흙담을 헐고 골목길에 가게를 내어

스페인어판에 실린 한옥집 대청 그림.

사탕이나 건빵 따위의 아이들 주전부리와 드럼통을 엎어놓고 풀빵을 구워" 팜. "기미 잔뜩 앉은 얼굴이 늘 근심에 전 채 겁먹은 작은 눈을 빠꼼하게 뜨고" 있음.

· 복술이: 김천댁 아들.

주변인물

· 한주: 황해도에서 피난 온 아이. 길남이 신문팔이를 하다 만난 신문배달 소년. 산격동 비탈 동네 판잣집에서 사글셋방살이를 함. 심장병으로 앓아 누운 엄마와 동생 명희를 돌보는 소년가장. "난척하거나 영악스럽지 않고 말수 적은 차분한 아이"였지만 "속은 차돌처럼 여물고 악착 같은 데가 있"음. "겁 많은 나에게 용기를 주고 가난 속에서도 구김없이 씩씩하게 '더러운 세상'을 곧잘 뚫고 나"감.

· 문자이모: 어머니의 삯바느질 단골손님. '향원'이란 요릿집의

스페인어판에 실린 한옥집 사랑방 그림.

인기 있는 기생. "얼굴도 예뻤고 마음씨도 착"함. 재산을 길남이네에 남기고 자살함.

· 빰에 칼자국 난 사내: 김천댁을 찾아오던, "각진 얼굴에 광대뼈가 불거졌고 구레나룻이 시커먼" 의문의 남자.

· 강형사: "팔초하게 생"긴 외모에 빰에 칼자국 난 사내를 쫓음.

· 주억술: "털거지 사납게 생긴" 황해도 출신으로 장작 패는 장정. 부지런함. "황해도 수안군 삼정면 사람 못 봤습니까?"를 노래삼아 읊으며 고향 사람을 찾아다님. 주인집 식모 안씨와 가까워짐.

· 손씨: 대구일보 보급소장. 합쭉빰.

· 정기사: 보금당 보석세공 기술자. "증말 서울내기"이자 "지독한 깍쟁이". 길남이어머니를 속여 몇 달간 방세를 받아냄.

· 옥이: 주인아주머니가 고아원에서 데려온 아이.

(정리 : 최화성)

길남이와 '마당깊은 집' 사람들의 작중 행적

■ 1950년(9세)

가을, 국군의 서울 수복 직전, 아버지와 생이별. 아버지 혼자만 월북.

11월, 나머지 가족들은 피난민 수송용 남행열차에 오름.

"어머니는 나를 고향 장터거리 주막집에 얹혀 두고 당신과 세 자식은 외가붙이 몇 집안이 살고 있던 대구시로 가서 주저앉게" 됨.

> ■ 1950년 6·25 전쟁이 일어나고, 11월 작가의 어머니는 아버지의 북행을 확인하고 대구로 삶의 기반을 옮긴다. 작가는 어머니와 떨어져 초등학교를 졸업할 때까지 경남 진영에서 생활한다.

■ 1954년(13세)

4월 하순, 선례누나를 따라 진영에서 대구의 '마당깊은 집'으로 거처를 옮김.

5월 초순, 영남일보 신문팔이 시작.

7월, 여름 장마 물난리로 '마당깊은 집'의 마당이 물에 잠김. 위채의 밥을 훔쳐 먹다 안씨에게 들킴.

8월, 신문팔이 생활 석 달을 넘기고 한주와 친해짐.

9월, 대구일보 배달원으로 취직된 한주의 소개로 대구일보 배달원이 됨.

준호아버지가 대구시 연쇄 살인 사건 용의자로 순경에게 잡혀갔다가 곧 무혐의로 풀려났으나, 하던 일을 그만두고 집안에 들어앉아 버림.

신문을 구독하던 대본집에서 공짜로 책을 빌려다 읽기 시작.

빰에 칼자국 난 사내를 만남.

주인아주머니가 김천댁에게 빨리 떠나라고 독촉.

10월, 노마님이 "손자 아이들 공부방이 모잘라 우리가 아래채 한 칸을 더 써야겠"다며 아래채 중 방 한 칸을 비워 달라고 함.

준호아버지가 녹슨 드럼통이 얹힌 손수레를 끌고 군고구마 장사 시작.

준호네를 제외한 아래채 사람들은 '마당깊은 집'에서 어떻게든 쫓겨나지 않고 겨울을 나기 위한 방법으로 통나무를 한 수레씩 사다 재워 둠.

11월 하순, 위채는 겨울맞이 준비로 통나무를 "트럭으로 두 차 분이나" 실어다 쌓음.

첫눈 온 날 미선이누나가 일하던 피엑스에 도둑이 듦. 상이군인 둘이 준호아버지를 찾아와서 "개헌안 통과 찬성 반공 궐기 대회"에 나오길 권했으나, 준호아버지는 참석하지 않음.

주씨가 와서 안채의 통나무를 패고, 나는 그것을 유심히 보고 배워 우리집 장작을 내 손으로 패기 시작.

12월, '아래채 방 한 칸을 비워 달라'는 문제가 다시 거론되기 시작.

아래채 사람들은 모여서 심지 뽑기를 하고, 어머니가 "네 개 쪽지

중에 가장 나쁜 쪽지"를 줘.

어머니는 김천댁이 떠난 뒤 그 자리에 들기로 한 정기사를 찾아가 한 달에 육백 환씩 내고 3월말까지 바깥채 가겟방에서 살기로 함.

준호엄마가 한 달에 일백오십 환의 사글세를 내고 바깥채 가게만 쓰기로 함.

"성준형이 오성직물의 어린 여공을 건드려" 위채에서 소동이 벌어짐.

피엑스 좀도둑 셋을 잡음. 사흘 영창살이 시키곤 풀어주며 얼굴에 빨간 페인트칠을 함.

주인아주머니가 비밀 댄스홀에 출입한 것을 주인아저씨에게 들켜 크게 다툼.

바깥채 가겟방으로 이사, 혼자 이삿짐을 나름.

김천댁, 칠성동으로 이사감.

순화누나가 육군 중위와 선을 봄.

"준호네가 우리가 썼던 방으로, 경기댁네는 준호네 방으로, 비게 된 경기댁네 방은 성준형 공부방"이 됨.

우리 방 앞 가게에서 준호아버지가 풀빵과 군고구마 장사를 시작.

중순 넘겨서 우리집도 김장을 함.

정태씨 행방불명됨.

네 번째 맞는 일요일, 주인아주머니가 계집아이(옥이)를 뒤에 거느리고 돌아옴.

크리스마스 이브 주인집에서 열리는 파티를 구경하다가 어머니에게 혼남. "재봉틀을 돌리며 연방 악퍼질"르던 어머니는 재봉틀

바늘에 왼손 집게손가락 손톱을 구멍 뚫림. 이때 나는 서러움과 두려움을 견디지 못하고 가출을 함.

이틀 만에 역으로 찾아온 어머니의 뒤를 따라 다시 집으로 돌아옴.

■ 1954년 작가는 진영에서 대창초등학교를 졸업하고 대구에 있는 가족과 합류한다. 이 무렵 신설된 대구 수성중학교에 입학하는데, 소설에서는 중학교에 입학하지 않고 신문 배달을 하며 입학을 미룬 것으로 설정되었다.

■ 1955년(14세)

1월 4일, 희망 고아원 원장 가족 야반도주. "고아원 건물 뒤 소각장이 있는 둔덕에 가매장한 어린 고아 시체 다섯 구 발견."

문자이모 자살.

새벽 강형사를 포함한 순경들이 들이닥쳐 평양댁 식구들과 주인아저씨, 주인아주머니를 방첩대로 끌고 감. 밤이 되어 주인집아저씨와 아주머니는 돌아옴.

사흘 뒤 "평양댁이 넋 빠진 꼴"로 돌아옴.

3월, 성준형 미국 유학 떠남. 정태씨 재판 시작.

선례누나 대구사범학교 합격, 나는 경상중학교에 원서를 넣었으나 낙방.

미선이누나가 제임스 대위와 혼인 수속을 끝내고 미국으로 떠남.

4월, 어머니가 "건식이네집으로 부르게 된 네 칸 기와집 건넌방으로 4월 8일 입주하기로 계약"함.

10일, 아래채에 세든 사람들 뿔뿔이 흩어짐.

안씨는 주씨와 함께 파종 시기를 놓치기 전에 고향으로 떠남.

중순, 아래채 네 칸과 바깥채 가겟방이 허물어지는 순간을 목격한 나는 "내 마음의 한 귀퉁이가 무너져 내리듯 아픔이 마음을" 내리침을 느낌.

하순, 겨우 수성중학교에 입학.

'마당깊은 집'의 깊은 마당에 새 흙이 채워짐. "내 대구 생활 첫 일 년이 저렇게 묻히고 마는구나 하고 나는 슬픔 가득 찬 마음으로 그 광경을 지켜" 봄.

■ 1958년(17세)

추운 겨울 만 여덟살의 길수가 뇌막염으로 죽음.

> ■ 작가는 1957~60년에 걸쳐 대구농림고등학교 축산과를 다니면서 고학을 계속했다. 작가의 막내동생 김원도는 실제로 1976년 25세의 나이로 요절한다. 김원도는 그해 1월 「루오의 손」이라는 시로 매일신문 신춘문예에 당선했다. 작가는 동생의 지인들과 동생의 유고를 모아 『김원도 시집』(한국문학사, 1975. 10.)을 발간한다. 1997년에는 작가의 대구 자택 마당에 김원도 시비를 세운다.

■ 1959년(18세)

'마당깊은 집' 위채 노마님이 별세함.

■ 1965년(24세)

"야간대학 재학 중에 사병으로 입대한 내가 상등병 계급장을 달고 휴가를 나왔을 무렵", 활판 인쇄소의 기장이 된 한주와 만남.

■ 1966년(25세)

가을, 군에서 제대. 뺨에 칼자국이 있던 사내가 간첩으로 체포되었다는 신문을 봄.

■ 작가는 1963~66년에 군복무를 한다. 만기 제대 후 복학하고 대학신문 편집국장으로 복직한다.

"제대하고 대학에 복학하여 대학신문 편집 책임 일을 맡았을 때", 북성로 뒷골목의 한주 직장을 찾아갔으나 그는 이미 그곳을 떠나고 없었음.

지방대를 졸업, 서울에 올라와 출판사에 취직. 장관동 이모님의 소개로 대구 처녀와 결혼.

■ 1968년 영남대학교 국문과를 졸업하고 서울로 상경한다. 3월, 출판사 국민서관에 입사한다. 1971년 결혼하다.

■ 1980년(39세)

예순 중반의 어머니가 고혈압으로 별세.

■ 1980년, 작가의 어머니는 고혈압 악화로 66세의 나이로 별세한다.

■ 1983년(42세)

직장 다니던 때 여름 휴가로 대구에 갔다가 우연히 발견한 '최정민내과병원'에서 40대 후반의 민이형을 만나 '마당깊은 집'에 살던 사람들의 후일담을 들음.

■ 1988년(47세)

지금은 자유문필업을 하고 있음.

> ■ 1985년, 작가는 18년 동안 근무하던 국민서관을 퇴직하고, 이후 자택의 '작가실'에서 전업문필가 생활을 하고 있었음.

(정리: 최화성)

한 시절을 견딘 내면의 집

김수이

1

책에 관한 한 우리들 대부분은 미래주의자이다. 한 번 읽은 책은 돌아보지 않으며, 습관처럼 새로운 기대를 품고 다시 새 책을 구입한다. 그 책은 책꽂이의 한 자리에 운명처럼 꽂힌다. 시간이 흐르고, 책은 먼지에 덮여 빛이 바랜다. 낡아 버린 책은 어느 순간부터 특별한 매력을 발휘하지 못한다. 아직 읽지 않은 책, 어쩌면 영원히 읽지 못할 미래의 책만이 우리를 매혹하며 아련한 열망에 사로잡히게 한다.

책꽂이에 꽂힌 책은 버림받은 고독한 존재이다. 그들은 누군가의 눈에 의해 발견되기를 원한다. 책을 읽을 때 우리가 책 속의 빛나는 시선에 의해 발견되기를 원하는 것처럼 말이다. 책을 읽는 자는 자신의 고독한 실존을 견디고 있는 자, 더불어 그것을 넘어서려는 자이다. 그가 책 속에서 찾으려는 것은 자신을 발견하고 이해해 주는 시선, 따뜻한 온기를 지닌 인간의 시선이다. 시간과 공간을 가로질러 책 속에 봉인되어 있는 그 시선은 우리를 자신의 깊은 내부로 들어가게 해준다. 타자와 세계를 이해하기 위한 책읽기의 마지막 지점에서 우리가 발견하는 것은 결국 '자기 자신'이다. 그러므로 책을 읽는 사람은 발견의 주체인 동시에 발견의 대상이다. 누군가에게 발견되기를 원하며 열심히 발견하고 있는 자, 그가 바로 책을 읽는 자이다.

그러나 우리에게 발견의 전율을 선사하는 책들은 그리 흔하지 않다. 헤아릴 수 없이 많은 책의 유적 속에서 빛나는 보물을 찾는 일이 어찌 쉬운 일이겠는가. 만일 가슴이 서늘하도록 자신을 돌아보게 해준 책을 만났다면, 그것은 행운이다. 드물게도 나의 내면에 꼭 들어맞는 책, 김춘수의 시 구절처럼 "나의 이 빛깔과 향기에 알맞는", "누가 나의 이름을 불러"주는 듯한 책을 만났다면, 그것은 행복이다. 그 책은 나로 하여금 정말 '꽃'이 되게 한다. 보이지 않는 나의 내면을 세상 밖으로 피워낸 꽃! 나의 존재 그 자체로 싱싱하게 살아 있는 꽃! 이때 책은 존재의 꽃을 피우는 햇살이며 물이 된다. 차라리, 하나의 마법이 된다.

행복한 책읽기의 경험은 타인의 기억과 이야기를 나의 기억과 이야기로 바꾸어 놓는다. 이런 순간은 내가 책을 읽는 것이 아니라 거꾸로 책이 나를 읽는 시간이다. 책이 나를 발견하게 되면, 내가 미처 알지 못했던 내 안의 나가 움직이기 시작한다. 내가 경험하지 않은 일들이 나의 과거가 되고, 내가 느껴 보지 못했던 삶의 감각이 나의 감각의 속살이 된다. 가난해서 배를 곯았거나 어린 동생이 죽었거나 도끼로 장작을 패본 경험이 없음에도 나는 그 경험을 선명히 '기억한다'. 대구 장관동이란 곳에 한 번도 가본 적이 없음에도 그곳이 내가 성장한 유년의 거리로 바뀐다. 나는 그렇게 또 하나의 기억과 삶을 소유한다. 그렇게 따뜻하고 풍요로워진다.

2

김원일의 『마당깊은 집』은 내가 살지 않았던 시대의 기억을 내 자신의 기억으로 반추하는 기묘한 경험을 안겨 준 소설이다. 그 경험은 지금, 대략 30대 이상의 한국인들의 내면에 근원적인 '정서의 풍경'으로 남아 있다. 개인적으로 1970년대에 중부지방의 한 작은 읍에서 자란 나는 그 경험의 끝자락을 넘보며 성장했다. 당시는 중공업 중심의 경제개발 계획이 숨가쁘게 진행되던 본격적인 산업화 시대였지만, 나는 내가 속한 세대의 감각이 근대적인 도시의 감각이라고는 생각하지 않는다. 외적으로는 도시의 삶을 받아들였지만, 내적으로는 시골과 소읍의 정서로 뿌리 깊이 물들어 있는 것, 이것이 현재 대다수의 한국 사람이 지니고 있는 정서의 풍경일 터이다. 잠시 내 기억 속의 풍경을 더듬어 보면 이러하다. 시내를 조금만 벗어나면 논과 개울이 이어졌고, 기와집을 개조한 구멍가게에는 콧물을 주렁주렁 단 아이들이 복작거렸으며, 재래시장에는 1, 2, 3 순으로 번호를 매긴 나무덧문으로 여닫던 가게들과 난전이 성시를 이루었다. 신작로에는 자동차와 짐바리 자전거, 우마차들이 한데 섞여 지나다녔는데, 마차를 끌던 소들이 신작로에 싼 똥무더기에서 김이 모락모락 나는 모습을 자주 볼 수 있었다. 이런 풍경 사이로 난쟁이 동네에 놀러온 거인처럼 머쓱하게 현대식 기차역과 군청이 서 있다. 부잣집 친구네가 하던 양옥집 병원과 어른 키보다 큰 간판을 단 극장, 갖가지 보석들이 진열된 금방(金房), '고대기'를 달구던 냄새가 진동하던 미장원은 제법 세련된 분위기로 멀리 면과 리에 사는 사람들까지도 유혹하곤 했다.

이렇게 내 유년의 거리는 도시화의 물결 속에서도 소박하고 정겨운 모습을 하고 있다. 도시와 시골이 무차별적으로 공존하던 과도기의 시대는 내게는 '소읍'이라는 한 단어로 압축된다. 내게 소읍은 단순히 행정단위를 넘어 문화와 삶의 정서를 아우르는 뜻을 지닌다. 김원일의 『마당깊은 집』이 고달픈 삶에 대한 연민과 달착지근한 향수를 함께 불러일으키는 것은 소읍에서 성장한 나의 유년과 관련이 깊다. 이 작품은 소읍으로 요약되는 내 유년의 원체험적 공간이 사회적으로 처음 형성된 시대, 즉 전쟁 직후를 배경으로 한다. 작품의 배경인 1954년은 경제적 재건이 국가적 과제가 되었고, 그것은 그대로 근대적 도시의 건설로 이어졌다. 대구는 그 선두가 된 도시로, 근대적 형식과 전통적 내용이 혼존하는 문제적인 공간이었다. 『마당깊은 집』은 이 혼존의 시공간을 어린 소년의 쓰라린 성장담을 통해 재연한다. 고통스럽지만 추억의 베일에 감싸인 한 시대는 따뜻하고 감동적인 형상으로 되살아난다. 『마당깊은 집』은 기억의 복원을 통해 우리가 잃어버린 한 시절을 부활시키면서 대구의 장관동을 바로 우리들 유년의 거리로 바꾸어 놓는 것이다.

김원일의 『마당깊은 집』은 오늘을 사는 한국인의 의식에 깔린 정서의 풍경을 세밀한 사실화로 그리는 데 성공하고 있다. 이 성공의 많은 부분은 주인공 길남이의 내면에 대한 섬세한 묘사를 통해 얻어진다. 작가 김원일은 가난을 단지 현실의 사건이 아니라, 길남이라는 한 인물의 '내면의 기원'으로 한 차원 높게 형상화한다. 어린 길남이의 정체성을 통째로 규정한 가난은 어른이 된 길남이의 내면에도 계속 아픈 상처로 남아 있다. 그러나 이 작품에서 가난은 분노하고 타파해야 할 적(敵)으로 규정되지는 않는다. 가난의 사회사를 넘어 가난의 심리학 내지는 내면화 경로를 섬세하게 추적한 이 작품은 가난이 인간의 의식에 새긴 여러 무늬를 통해 한 시대의 자화상을 그려낸다. 한 시대가 감당해야 했던 가난의 내면화는 도덕과 생활의 갈등, 금지된 이념과 신념의 충돌 등의 갖가지 형태로 드러난다. 미군과 결혼해 도미한 경기댁의 딸 미선이, 사회주의의 신념을 지키며 비전향 장기수가 된 폐병쟁이 정태씨, 악발이로 살면서도 웃음을 잃지 않는 소년가장 한주, 풀빵을 구워 하루하루를 연명하는 김천댁, 네 아이와 살기 위해 기생들의 옷을 짓는 길남이엄마, 중학교에 가지 못하고 신문팔이를 하는 길남이 등의 다양한 인물은 가난에 맞서는 한 시대의 다양한 방법과 선택을 보여주고 있다.

가난하게 살지 않았음에도, 이 지독하게 가난한 이야기에 내가 설명할 수 없는 애정을 느끼는 것은 왜일까? 생각해 보니, 1980년대 중반에 청운의 꿈을 안고 상경했던 시골 유학생으로서, 경력 10년을 바라보는 대학의 시간 강사로서 나는 가난했고 가난하다. 이 사회의 평균적인 부의 수준에 훨씬 못 미치는 나의 상대적인 가난(물론 절대적으로도 가난하다)은 쓰레기통에서 국수가락을 주워 먹는 절대적인 가난에 의해 위로받는다. 하루 세 끼를 먹는 것이 불가능한 희망이었던 6·25 직후의 삶, 그리고 마침내 그 삶에서 벗어나는 탈주의 해피엔딩! 이 소설은 위안을 넘어 내게 카타르시스와 '희망에의 의지'를 선물해 준다. 독자인 나 자신을 정신분석해 보면, 『마당깊은 집』에 대한 내 애정의 바닥에는 내 삶의 애환이 가파르게 숨쉬고 있는 것이다.

휴전 이듬해의 대구에는 전쟁의 후유증으로 빈민층과 부유층의 양극화 현상이 두드러지게 전개된다. 어떤 이는 거리에서 굶어 죽고, 어떤 이는 전쟁 특수로 어마어마한 떼돈을 번다. 마당깊은 집에 세들어 사는 사람들과 주인집의 삶도 이런 형태로 양분된다. 주인집은 경찰 요직에 있는 친척의 '빽'이 있는 데다가, 전쟁 직후의 폭발적인 수요로 인해 방직공장이 나날이 번창한다. 주인은 건달인 아들을 유학 보내기 위해 미군 장교들을 초청해 파티까지 벌인다. 이와는 달리, 객지에서 피난 온 아래채 사람들은 궁핍하기 짝이 없는 삶을 산다. 이들의 곤궁한 삶은 가정의 내부 사정과도 연관된다. 경기댁네, 평양댁네, 준호네, 길남이네, 김천댁네 등 아래채 사람들은 준호네를 제외하면 모두 아버지가 없는 결손가정이다. 준호네도 가장인 준호아버지가 상이군인이라는 점에서 결핍을 안고 있다. 이런 상황에서 혼자 네 아이를 키우는 길남이의 어머니는 열 살이 조금 넘은 아들에게 틈만 나면 세상살이의 냉혹한 이치를 가르친다.

"길남아, 내 말 잘 듣거라. 니는 인자 애비 없는 이 집안의 장자다. 가난하다는 기 무신 죈지, 그 하나 이유로 이 세상이 그런 사람한테 얼매나 야박하게 대하는지 니도 알제? 난리를 겪으며 배를 철철 굶을 때, 니가 아무리 어렸기로서니 두 눈으로 가난 설움이 어떤 긴 줄 똑똑히 봤을 끼다. 오직 성한 몸뚱이뿐인 사람이 이 세상 파도를 이기고 살라 카모 남보다 갑절은 노력해야 겨우 입에 풀칠을 한다……."

어머니는 길남이에게 중학교 학비를 마련하라며 신문팔이를 시키고, 도끼를 들고 겨울에 땔 장작을 패게 한다. 무서운 실행파인 어머니는 어떠한 경우에도 사정을 봐주지 않는다. 어머니가 밤 열두 시까지 눈이 빨개지도록 바느질을 하는 동안, 길남이와 형제들은 숨죽이고 공부를 해야 한다. 어머니에게 가장의 역할을 강요받는 길남이는 급기야 자신이 어머니의 친아들이 아니라는 혐의를 품기에 이르러 가출을 감행한다. 이틀 만에 어머니의 따뜻한 손에 이끌려 돌아오기는 했지만, 열세 살의 소년은 삶의 고달픔을 뼈저리게 절감한다. 어느 겨울 저녁, 신문배달을 마치고 집으로 돌아오는 어린 소년의 내면을 들여다보자. 거기에는 죽음과 소멸에의 유혹만이 숨쉬고 있다.

> 배달을 할 때는 내 구역을 뛰다시피 휘질러 다녔기에 추위를 별 느끼지 못했으나 돌아오는 길은 늘 차가운 저녁 바람이 살갗을 들볶다 못해 뼈까지 아리게 했다. 저물 무렵 그 귀갓길의 추위란 배고픔 못지않게 마음을 외로움과 슬픔으로 채워 더러운 세월을 탓하는 어머니처럼, 나 역시 무슨 낙으로 이 세상을 사느냐는 푸념이 절로 나왔다. 꽁꽁 얼어붙는 어둠 속으로 먼지보다 더 작은 알갱이가 되어 형체 없이 사라지고 싶었다.

『마당깊은 집』은 아버지가 없는 삶을 그린 '부권 상실의 문학' 의 계열에 속하는 작품이다. 그러나 이 작품은 여전히 가부장제 이데올로기의 강력한 영향권 아래 있다. 바느질품을 팔아 남편의 빈자리를 메우는 길남이어머니는 '강한 어머니' 인 동시에 '강한 아버지' 이다. 더 정확히 말하면, 강한 아버지의 역할을 대행하는 대역으로서의 아버지이다. 가짜 아버지인 어머니는 진짜 아버지의 몫을 다하기 위해 본능적인 모성애마저 부정한다. 자식들에게 모질고 냉혹하기 짝이 없는 어머니가 되는 것은 이 때문이다. 이 작품에서 제일 눈물겨운 장면의 하나는 어린 길수가 준호아버지를 '아뿌지' 라고 부르며 따라다니는 부분이다. 이 장면은 어머니가 아무리 힘을 다해 아버지를 대신하려 해도 채울 수 없는 빈 구멍이 있다는 것을 보여준다. 아버지의 권위는 이렇게 작품의 도처에서 여러 모습으로 변주되어 드러난다. 이처럼 『마당깊은 집』은 생존의 문제를 철저히 가부장적 질서와 논리에 의해 극복하고자 한다. 길남이어머니가 어린 아들을 앉혀 놓고 '너는 우리집 가장이다. 니가 얼른 커서 이 과부 에미의 설움을 풀어주어야 한다' 라고 끊임없이 주입하는 것은 가난의 보상이 어떻게 이루어지는가를 잘 보여준다. 못 먹어서 빼빼 마른 열 살 남짓의 아이와, 그 아이를 가장이라고 부르며 실제로는 자신을 위로했을 어머니를 상상해 보라. 아버지가 없는 집안에 하루 빨리 '아버지'를 세우는 것이 현실을 헤쳐 나가는 길임을 이 소설은 웅변하고 있는 것이다. 이는 수난의 현대사가 한국의 여성과 아이들에게 남긴 그늘의 실체, 즉 변형된 가부장제 이데올로기를 단적으로 보여준다. 기생 생활을 하다 두 번 유산 끝에 결국 자살한 문자이모도 이 그늘의 실체를 드러내는 또 하나의 예에 속한다.

소설 속에 부자와 가난한 사람들의 삶의 차이만이 부각되어 있는 것은 아니다. 방 한 칸을 비워 달라는 주인집의 요청에 아래채 사람들이 제비뽑기를 하는 장면은 가난한 사람들 사이의 갈등을 보여준다. 제비뽑기에 걸려 방을 비우게 된 길남이어머니가 길남이를 앞세워 보금당 정기사를 찾아가 '쇼부'를 보는 장면도 가난한 사람들이 서로를 따뜻하게 감싼 것만은 아니라는 점을 보여준다. 길남이어머니가 '더러운 세월'이라고 불렀던 그 시절은 그녀의 모진 노력에 의해 조금씩 전환기를 맞는다. 오직 '밥'을 위해 분투했던 시간의 보상은 다름 아닌 '밥'으로 되돌아온다.

어느 날 자정 무렵, 어머니는 일손을 거두며 말씀했다. 그 말만은 내 귀를 트이게 했고 졸음을 활짝 깨웠다.

"우짜든동 너그들 안 굶기며 묵고 살라고 이래 죽자살자 일을 하는데…… 내일부터 우리도 점심밥 묵도록 하자. 해가 긴 지난 여름 동안 한창 크는 너그 성제간들 점심 굶길 때, 길중이 무르팍에 피멍만 보아도, 내사 하루에 몇 분씩이나 내 가슴에 재봉실을 박으미, 목울대로 한 됫박 넘이 눈물을 되넘기미, 긴긴 해를 넘겼다. 설움 많은 우리 식구여, 더러운 세월이여……."

어머니는 수건에 얼굴을 묻고 등심이 떨리도록 울었다.

'더러운 세월'은 한편으로 평생 지울 수 없는 상처를 남긴다. 태어날 때부터 굶주려 기형이 된 길수는 버거운 세상의 무게를 이기지 못하고 아홉 살 어린 나이에 하늘나라로 간다. 수십 년의 세월이 흐른 후, 죽은 동생을 생각하는 길남이의 가슴은 회한과 슬픔으로 가득 차 있다. 가난은 중년이 된 길남이의 내면에 다음과 같이 현재형으로 숨쉬고 있다.

이제 겨울에도 길중이와 나는 제가끔 장만한 아파트의 훈훈한 집에서 캐시밀론 이불을 다리에 감고 네 활개 편 채 편안하게 잠을 잔다. 중년이 된 그런 우리 형제를 길수는 아직도 추운 겨울 밤하늘의 천사로, 아니면 쓸쓸하고도 다스운 등불이 되어 내려다보고 있을까. 그 하늘나라는 추위가 없고 굶주림이 없는 곳인지 알 수 없지만, 길수는 지금도 이 반도 땅 골골 샅샅을 사팔눈으로 살피며 얼굴 모르고 생사조차 알 수 없는 '아뿌지'를 부르며 찾고 있을까.

마당깊은 집에 세들어 산 다섯 가구의 공동 생활은 주인집이 아래채를 허물고 이층 양옥을 짓기로 함에 따라 1년 만에 끝난다. 변소 하나를 줄 서서 함께 사용하던 그들은 각자의 운명의 길을 따라 흩어진다. 길남이네도 어머니가 지독하게 모은 돈으로 방 두 칸짜리 셋집으로 이사를 한다. 소설의 후반부에서 어른이 된 '나', 길남이는 그 힘겨웠던 때를 "쓸쓸하고도 다스운" 시절이라고 회상한다. 시련과 고통의 가장 내밀한 불꽃심에는 밝고 따뜻한 입자들이 타오르고 있음을 김원일의 『마당깊은 집』은 보여주고 있다. 비록 그 순간에는 알지 못하더라도 어둠 속에서 인화되는 사진처럼 서서히 하나의 형태를 갖게 되는 삶의 시간들. 그 깊은 시간의 의미를 따라가고 싶을 때는 이 소설을 읽을 일이다.

3

『마당깊은 집』은 중심이 되는 거대한 서사가 없고, 많은 인물들의 다양한 사건이 사슬처럼 연결되어 있는 특징을 갖고 있다. 화자이자 주인공인 길남이가 서사의 핵이 되고 있지만, 주변인물들도 각기 만만치 않은 비중으로 배분되어 있는 것이다. 길남이를 초점에 둔 '집중'과 주변인물들로 갈라지는 '분산'의 적절한 조화를 통해 작품은 시종일관 탄력과 재미를 유지한다. 등장인물의 내면을 살뜰히 파고드는 미시적 시각과 과거와 현재의 화자를 따로 두는 거리두기의 수법을 병행한 것도 독특한 점이다. 특히 1950년대의 생활풍속을 생생하게 재생한 세밀한 묘사는 가히 일품이라고 할 만하다. 『마당깊은 집』은 '관찰과 묘사의 세공술'로 작가의 기억을 미학적으로 부활시킨 한국문학의 대표적인 사례라고 할 수 있다. 이 소설보다 뒤에 나온 양귀자의 『희망』이나 은희경의 『새의 선물』에서도 이와 유사한 구성 방식과 서술기법을 발견할 수 있다.

『마당깊은 집』은 역사적 무게와 서정적 미감, 현실의 반영과 내면의 발현, 성장소설과 세태소설, 가족소설과 역사소설, 재미와 감동, 눈물과 웃음 등의 요소를 고루 갖춘 작품이다. 특히 고통스러운 현실이 발전적인 결말로 해소되는 점은 독자에게 뿌듯한 충족감을 안겨 준다. 이 지점에서 고통은 행복한 변형과 망각의 단계로 접어들고, 그 고통이 형성한 내면의 풍경과 정서의 선연한 빛깔만이 남는다. 이 오래된 풍경과 정서가 어떻게 지금의 나의 것이 아니라고 말할 수 있을까? 경험하지 않았지만 경험한 것, 기억에 없지만 기억할 수 있는 것, 아프지만 그리운 것을 어떻게 단지 소설 속의 세계라고만 말할 수 있을까? 나의 내면이 뿌리내리고 있고, 급변하는 첨단의 현실에서 이탈해 내가 언제나 돌아가고 싶은 곳. 탁 트인 '넓은 집'이 아니라, 엷은 어둠이 드리운 듯 '깊은 집'. 한 시절을 견뎌낸 내면의 집. 김원일의 『마당깊은 집』은 이러한 행복한 귀환의 장소로 나를 데려간다. 그 귀환의 여정은 쓸쓸하고도 따뜻하며, 가난하면서도 풍요롭기 그지없다. 그리하여 나는 다가올 미래에도 끊임없이 되돌아갈 것이다. 경험하지 않고도 소유한 내 오래된 기억 속으로. 나를 '꽃'이 되게 하던 아름다운 한 권의 책 속으로.

AN 8-HOUR MINI-SERIES

THE LOW-LEVELLED COURTYARD

(Staff)
Producer......... Choi, Jong-Soo
Original Story.... Kim, Won-Il
Screenplay....... Park, Jin-Sook
Cinematography... Im, I-Rang
Director......... Chang, Soo-Bong

(Cast)
Ko, Doo-Shim
Chung, Hye-Sun
Kim, Yong-Rim
Kim, Soo-Mi
Kim, Sang-Soon
Choi, Sang-Hoon
Kim, Yong-Sun

(Synopsis)

Winter of 1954..... a year after the signing of an armistice agreement which ended the Korean War.
In the southern city of Taegu, five refugee families eke out living in the shabby rented rooms in the annex of a decent house owned by a rich businessman. In contrast to self-indulgent lives of the businessman's family, the refugees experience hardships, disgrace and humiliation. And yet, they somehow tide over the difficult period successfully in the midst of joy and sorrow.
The story is told by Kil-nam, the then newsboy whose father had been kidnapped to the North. The program consists of eight episodes: "Nasty Days," "Slip and Mercy," "Separated Families," "The House," "Affection and Love," "Falsehood and Truth," "Reality and Ideal" and "Life and Death."

Duration: 60'×8

MUNHWA BROADCASTING CORP.

31, Yoido-dong, Yongdungpo-Gu, Seoul 150-728, Korea
Telex:MBCNEWS K22203 Fax:783-9001
Cable:MBCHLKV SEOUL Phone:789-3171

드라마 『마당깊은 집』 칸영화제 출품 포스터 뒷면.

『마당깊은 집』과의 인연

박진숙

한 사람의 일생에서는 그 당자가 알게든 모르게든, 세 번의 기회가 주어진다는 얘기를 어디선가 읽었다. 그렇다면 『마당깊은 집』은 내게 그 세 번의 기회 중 한 번의 기회였을 수도 있겠다는 생각을 문득 해본다.

1989년 어느 날, MBC의 장수봉 PD가 전화를 해서 거두절미하고 미니시리즈로 만들 만한 원작 뭐 없겠냐고 물어 왔다. 나는 그때까지 어떤 책을 읽으면서 이 작품의 영상화가 가능할까 어떨까는 전혀 생각하지 않고 있었다. 지금은 그것부터 살피는 아주 고약한 버릇을 갖게 됐지만, 그때는 정말 순수한 독자로서의 자세만을 갖고 있었던 것이다.

나는 『마당깊은 집』을 손에 든 채 전화를 받고 있었으므로 자연스레 책에 눈이 갔다. 지금도 그때 내가 한 말이 또렷이 기억난다.

"방송용으로 적당한지 어떤지는 모르겠지만 지금 내가 읽고 있는 책이 좋으네요."

책 제목과 작가의 이름을 말해 주자 전화는 거의 사무적으로 끊어졌다. 전화가 다시 걸려온 것은 내가 벌써 다른 책을 두어 권 읽고 난 뒤였다. 안부도 묻는 법 없이 저쪽에서 대뜸 말했다.

"배경을 80년대로 바꾸면 어때?"

"뭐? 『마당깊은 집』을 말하는 거예요? 배경을 80년대로 바꾸다니, 그럼 그 소설은 죽어요. 차라리 안 하는 게 낫지, 말도 안 돼."

보름이나 더 지나서였나? 전화가 다시 왔다. 직접 써보지 않겠냐고 했다. 나는 또 말도 안 된다고 했다. 그때 나는 방송 경력이라곤 단막 두 개를 해본 게 전부였으며, 단막 두 개도 하나는 내 소설을 각색한 거였다. 미니시리즈라면 최소한 8부작은 되는 것일 텐데 내가 그 일을 감당할 수 없을 것 같았고, 『마당깊은 집』을 그런 시선으로 검토를 해본 적도 없었으며, 또 본격적인 방송극작가로 나서겠다는 생각도 하고 있지 않을 때였다.

드라마 촬영 당시 세트장 앞에 선 방송작가.

그러나 나는 그 일을 맡게 되었다. 내가 『마당깊은 집』의 무대인 대구 장관동 부근에 있는 여고(신명여고)에 다녔으므로 분위기가 친밀할 것처럼 보인 모양이었으며, 어린 작가를 투입하기에는 시대 배경이 버거울 거란 판단도 선 것 같았다. 장수봉 PD도 대구 계성고 출신에 나와는 동갑이어서 우리가 동질감 속으로 들어가는 일엔 시간이 오래 걸리지 않았다.

그 날, 내가 평소 즐겨 입는 바지를 입지 않고 원피스를 입은 건 예의를 차려야 한다는 생각 때문이었다. 땡땡이 무늬 원피스로 내가 가진 유일한 여름 정장이었다. 모처럼 차려 입은 정장은 어색하기만 했고 연신 땀을 닦게 했다.

일행은 셋이었다. 『마당깊은 집』의 연출을 맡을 장수봉 씨와 조연출을 할 이장수 씨, 각색을 할 나. 우리는 김원일 선생님에게 『마당깊은 집』을 미니시리즈로 만들게 원작을 좀 주십사 서초동 작업실로 청을 드리러 간 길이었다. 같은 서초동에 살고 있었지만 선생님을 직접 만난 것은 그 날이 처음이었고, 우리 일행이 인사로 들고 갔던 건 1989년 여름의 끝물수박이었다.

잘 만들어 보라던 선생님의 말씀과 함께 내 구체적인 고민이 시작되었다.

나는 나이에 비해 6·25 전쟁 후의 구체적인 기억이 거의 없었다. 내 고민을 털어놓자 방송사에선 우리 집으로 자료들을 나르기 시작했다. 전후의 신문철, 『그때를 아십니까』 분위기의 영상자료들……. 나는 그것들을 읽고 또 보았다. 그때의 분위기로 나 자신이 들어가야 하는 일이 급선무였다. 또한 『마당깊은 집』을 읽고 또 읽어 인물들의 동선이며 캐릭터를 머릿속에 넣어야 했다. 머릿속에서 『마당깊은 집』을 그려 보다가 마침내는 달력 종이를 뜯어 여기는 주인집, 여기는 미선이네, 여기는 준호네, 하고 그림을 그렸다.

김원일 선생님과 개인적인 친분이 좀 있었던 때라면 선생님을 찾아 뵙고 이것저것 얘기를 더 들을 수도 있었으련만 선생님은 어렵기만 해서 감히 맘도 먹어 보지 못했다.

작업의 양도 나로선 엄청난 것이었다. 보통 방송은 일 분에 원고지 두 장을 친다. 그러나 영상으로는 한 컷에 지나지 않는 장면이 원고지를 댓장씩 먹을 때도 있으므로 여분을 스무 장 정도 혹은 스무장도 더 두어야 할 때가 있다. 그래서 60분 방송에 원고는 140매에서 160매를 채워야 했다. 그것이 8회니 천 매가 넘는 분량이었다.

지금이야 다 자란 처녀들이지만 그때 내 두 아이는 중학교 2학년, 초등학교 6학년이었다.

집안 살림 또한 내가 하는 형편이어서 집에 있으면 도무지 집중이 되지 않았다. 생각 끝에 여관을 잡기로 했다. 컴퓨터가 아닌 수작업이어서 니들펜 두 다스와 원고지를 여러 묶음 샀다. 그리고 집에서 가장 가까운 여관, 부림장으로 갔다. 여관에선 내가 달가운 손님이 아니었겠는데 그 당시엔 그런 눈치도 챌 줄 몰랐다. 늙지도 젊지도 않은 여자 혼자 여관에 장기간 드는 일이 여관 주인을 불안하게 할까 봐(계가 깨졌거나 이혼을 해서 자살 기도 목적으로 투숙할 수도 있지 않겠는가?) 첫날은 남편과 함께 가 주인을 면담했었다. 덕분에 '호마이카 상'까지 하나 빌릴 수 있었다.

부림장의 그 방을 생각하면 지금도 후끈한 열기 같은 게 느껴진다. 아침에 집에서 보온병에 커피를 하나 가득 담아 출근을 하면 자정이나 되어야 퇴근을 했다. 미친 듯이 일을 했다. 화장실에 가는 일 외엔 일어나지도 않아 오금이 저리길 하루에도 몇 번씩 했다.

원고는 한 회가 써질 때마다 방송국으로 보내졌다. 초등학교 6학년이던 아이가 예원학교에 입학시험을 치러 가게 됐을 때, 나는 따라가지 못했다. 방송사에서 거기 갈 만한 여유를 전혀 주지도 않고 '불을 땠기' 때문이다. 불을 땠다, 이건 나중에 바느질댁(길남이엄마)을 맡은 고두심 씨의 표현이었다. 첫 연습날 대본 여덟 개가 다 나온 걸 본 고두심 씨가 이렇게 말했었다.

"장 감독님. 얼마나 불을 열심히 땠길래 대본 여덟 개가 다 밖으로 뛰쳐나온 거야?"

어리둥절한 나를 보고 모두들 웃었다. 나도 따라 웃을 수밖에 없었다. 앞대본 녹화 중에 뒷대본이 나오지 않고, 대본 전부가 한꺼번에 나온 것은 정말 드문 경우라고 했다.

대본 여덟 개를 다 쓴 날, 나는 부림장에서 나왔다. 그리고 기다렸다. 방송사로부턴 도무지 연락이 없었다. '에이그 될 대로 되라지' 싶던 어느 날, 전화를 받았다.

내 대본을 얼마나들 돌려 읽었는지 원고지 묶음은 보풀이 다 나 있었다. 장수봉 감독이 어두운 얼굴로 말했다.

"이걸 가지고 굳이 찍으려 들면 못 찍을 건 없겠지만……."

맘에 안 든다는 표정이 역력했다. 야, 이럴 수도 있는 건가. 죽을 동 살동 해낸 일이었는데……. 주인공 길남이만 주욱 따라갈 수는 없었다. 마당깊은 집에 세들어 사는 사람들은 누구나 아프고 깊은 상처를 가지고 있어, 나름대로의 애정을 가지고 이 집 저 집을 섞어 썼던 건데 그게 좀 산만하게 보인 모양이었다. 방송일이란 대본을 백날 써봤자, 심지어는 촬영까지 마쳤다 하더라도 일단 방송이 되지 않으면 없었던 일이 되는 것이다. 이럴 경우를 두고 '엎어 버린다'는 표현을 썼는데 이런 일도 드물지 않게 일어나는 마당이 바로 방송 마당이었다.

얼굴이 달아오르면서 눈물이 핑 돌았다.

그날 나는 보풀이 나고 앞 페이지는 마구 뒤집어지기까지 한 내 원고 여덟 개를 안고 집으로 돌아왔다. 신열이 올라 잠을 잘 수가 없었다. '이대로 물러날 수 없다!' 나는 벌떡 일어났고 다음날로 부림장에 다시 들어갔다.

방송은 무엇보다 시청자의 시선을 초반에 모으는 일이 중요했다. 비싼 제작비 들여 죽으라고 만들어 놔봤자 보는 사람이 적으면 헛수고에 지나지 않았다.

오죽해서 시작 5분 안에 모든 게 결정난다는 극단적인 말도 있을까.

나는 국문과를 나오긴 했지만 그때까진 소설 마당 소속이어서 방송의 이런 이론적인 면은 통 모르고 있었다. 내가 의존한 거라면 그저 나의 감, 내 느낌뿐이었다. 그리고 어디로부터 온 건지 알 수 없는 숨가쁜 열정…….

이장수 조연출과 대안을 연구했다. 결론은 여덟 개의 단막을 쓰자는 것이었다. 그러니까 길남이를 주인공으로 하되, 한회 한회 주제를 가지고 몰아 가자는 거였다. 그렇게 구성을 하기로 하니 자연스레 회당 제목도 부쳐졌다. 제1부의 제목은 「더러운 세월이여」이고, 8부의 제목은 「어디서 무엇이 되어」 이런 식이었다. 그리고 화자를 성장 후의 길남이로 하여 나레이션을 적절히 사용하기로 했다.

천 매가 넘는 원고를 다시 쓰는 일도 결코 만만치 않았다. 그러나 물러날 수 없어 나는 거의 독을 뿜고 이 일에 매달렸다.

이때쯤 방송사에선 캐스팅 작업이 한창이었다. 길남이어머니인 바느질댁은 고두심 씨, 미선이엄마인 경기댁은 김수미 씨, 위채할머니엔 김용림 씨, 위채며느리로는 정혜선 씨, 준호아버지인 상이군인엔 최상훈 씨……, 어른들 배역이 짱짱했다.

문제는 길남이, 길중이, 길수로 이어지는 아역들이었다. 모두 신인들이 들어와야 했으므로 장 감독은 장안의 배우학원 아이들을 모조리 방송사로 불러들이지 않았나 싶게 오디션을 여러 번 봤다. 나도 몇 번 불려 나갔다.

가장 중요한 건 길남이였다. 영양 상태가 부실하고 고집이 느껴지는 아이라야 했다. 고집은 둘째 치고 우선 빈티나는 아이가 잘 없었다. 아이들은 모두 반들반들했다. 드디어 한 아이가 낙점되었다. 윤선빈이란 이름을 가지고 있었다.

정동 스튜디오에 세트가 만들어졌다. 원고는 그대로 필름이 되어 가기 시작했다.

뒷날에야 느낀 것이지만 장 감독은 내게 고마운 사람이었다. 작품의 흥망을 떠나, 작가는 원고를 존중해 주는 감독이 최고인 것이다.

정동 스튜디오에 짬짬이 나갔다. 불러서도 나갔고 자발적으로도 나갔다. 유명배우들을 가까이서 보는 게 재미있었고 그들이 나를 선생님이라 부르는 것이 쑥스럽긴 했어도 속으론 좋았다.

어느새 겨울이 와 있었다.

작품의 무대도 겨울이어서 세트장에는 가짜눈이 푸짐하게 뿌려졌다. 지금이야 어쩐지 모르겠지만 당시의 가짜눈에는 화학 성분이

섞여 있어 눈이 따가웠고 신발에 들러붙으면 떨어지질 않았다. 나도 폼 좀 잡겠다고 새 부츠를 신고 나갔다가 그 부츠를 다시 신을 수가 없게 됐었다.

막내인 길수가 시름시름 영양실조를 앓다 죽어 나가는 날의 촬영 땐 세트장이 울음바다가 됐다. 고두심 씨가 주먹으로 눈물을 훔치고 있는 감독에게 말했다.

"이 장면 한번 더 가죠."

그때 나는 프로의 정신을 봤다. 스타들은 무조건 화려하게만 사는 줄 알았더니 그게 아니었다. 그들은 먼지투성이 세트장 한쪽에서 퉁퉁 불은 자장면을 예사로 먹었으며, 모두를 울려 놓고도 다시 찍겠다고 하여 더욱 찐하게 사람을 울리는 거였다.

준호아버지 최상훈 씨의 열연도 잊을 수 없다. 얼마 전 최상훈 씨를 우연히 만났더니 십 년도 지난 그때 얘기를 하며 또 한번 그런 역할을 해봤으면 좋겠다고, 지금도 사람들이 그때의 상이군인으로 자기를 기억한다는 것이었다.

나는 그때 세트장 한켠에 오래오래 서 있곤 했다. 자잘한 일상이 주는 소소한 따뜻함들을 접하는 게 특히 좋았다. 위채의 식모 역할은 권재희 씨가 했는데, 그 권재희 씨가 김장 김치 한 포기를 주인 몰래 들어낸다. 그걸 행주치마에 감춰 평양댁의 딸 순화에게 주며 김칫국이라도 끓여먹고 기운내라고 한다. 위채 할머니는 그걸 알지만 모른 척하고……. 평소엔 얄밉기 짝이 없는 경기댁이 위채 파티 날에는 부침개를 몰래 집어다 아래채 굶주린 애들에게 던져주고…….

촬영장의 분위기는 화목했고, 저러다 쓰러지지 않을까 싶게 장 감독은 무섭게 일했다.

드디어 작품이 완성되고 방송이 나갔다.

1990년 1월 8일로 기억된다. 나는 애가 탔다. 방송이 끝났는데 아무도 전화를 해오지 않아 동생에게 전화를 걸어 봤다. 등장인물이 너무 많아 뭐가 뭔지 모르겠다는 정직한 대답이 돌아왔다. 낙심천만이었다.

그러나…… 그게 아니었다.

마지막회가 방송되던 날은 서울에 함박눈이 쏟아졌고, 우리 화면도 온통 눈으로 덮힌 것이었다. 막내 길수가 죽어 멍석에 말린 채 지게에 얹혔다. 엄마인 고두심 씨가 이불을 씹으며 숨죽여 울었고 (자장면 먹으며 몇 번씩 다시 찍은 것이었다) 시청자들도 따라 울었다.

사람들은 홍청망청 과거를 잊은 듯 살고 있었지만, 지난날 너나 없이 겪었던 가난의 청정함을 그리워하고 있었고, 생명의 존엄 앞에 숨을 죽인 것이었다.

방송이 끝난 후 우리 팀에는 좋은 일이 많이 생겼다.

그 해 4월에 있었던 백상예술대상에서 장 감독은 감독상을, 고두심 씨는 최우수연기상을, 윤선빈은 아역상을, 세트 감독은 세트상을, 나는 작가상을 받았다.

내게는 일거리가 쏟아져 곧장 『그 여자』란 연속극을 하게 되었다.

『마당깊은 집』의 성공이 아니었으면 나는 방송극작이란 일을 거기쯤에서 그만뒀을지도 모른다. 단막극 한두 개로 없어지는 작가는 부지기수니까. 이후 나는 줄창 방송극작을 하고 있는데 가끔 꾀가 나고 게을러진다. 그럴 때 일부러라도 생각해내는 것이 부림장에서의 열정, 초발심이다.

고향 선배이자 문단의 선배이신 김원일 선생님을 가끔 뵐 수 있게 됐다.

감사하는 마음은 늘 갖고 있지만, 그 마음을 소리내어 말한 적은 아직 없다.

시간과 기억의 그림자

—『마당깊은 집』에 대한 단상(斷想)

한원규

0. 거리의

거리의 풍경이 낯익다. 어디선가 본 듯한 모습. 길을 따라 걸어 본다. 몇 채의 집이 보인다. 내 손목 위의 시침은 지금 어디를 향하고 있는가.

1. 시간은

시간은 사물을 어떤 모양으로 바꾸어 놓을 수 있나. 시간 속에서 사물은 형해화되기도 하지만, 무심한 시간 속에서도 선명하게 그 모양이 되살아나는 사물도 있다. 『마당깊은 집』은 공동의 경험을 내포한다. 그것은 간난과 고통, 전쟁과 상처로 점철된 전후의 삶을 그린 풍속화이면서 곧 우리들의 이야기이다. 우리들의 체험이 고스란히 담긴 그림이자, 사물이다.

이때 사물은 체험화된 대상이다(시간의 사물화). 체험이라는 단어는 육체적 경험과 심리적 정황까지도 내포한다. 그러면서 체험은 과거의 것만을 지칭하지는 않는다. 과거성이라는 순수한 시간적 개념보다는 현재의 삶에 대하여, 지금, 이곳의 삶에 비추었을 때만 유의미한 것이 체험이고, 과거이다.

벌써 삼십 년 넘는 세월이 흘렀다. 우리 가족만 하더라도 그 사이에 두 사람이 이 세상에 있지 않으니, 마당깊은 집에 살던 나이 많던 분들은 얼추 세상을 떠났을 것이다. 그러나 살아 있는 사람들은 그동안 어떤 모습으로 바뀌었는지, 이제는 길거리에서 만나도 알아보지 못할 많은 얼굴이 떠오른다. 아니, 나이 많던 분들까지 그 시절 그 모습대로 고스란히 떠오른다. 그만큼 당시 그 마당깊은 집에는 여러가구가 휴전 직후의 어수선한 세월을 함께 넘겼다. 내게는 그 집이 대구 생활의 첫 시작이었기에 비록 사람 수는 많지만 그 모습이 더욱 선명히 기억 속에 각인되었는지도 모른다.

2. 어떤 사진

어떤 사진이 한 장 그려진다. 흑백과 컬러가 뒤섞인 사진첩에서 발견한 것은 무엇일까. 다시 오지 못할 시간에 대한 그리움인가, 아름다웠던 추억에 대한 회한인가. 무엇보다도 사진은 경험된 시간의 공간화를 의미한다. 한눈에 들어오는 사각형의 공간과 어떤 특정한 배경에 초점화된 그림은 공간화의 구성물이 된다. 사진 속에서 경험은 하나의 점으로 이해된 시간의 단면이며, 또한 점으로 수렴되는 단일화된 체험이기도 하다. 사진은 서사적인 흐름을 동반하지 않는 듯하다. 다만 사진이 우리에게 의미를 지닌다면 그것은 기억한다는 것이며, 그 기억의 주변으로 형성되는 시간에 대한 복원일 것이다. 자신의 기억과 체험이 담긴 과거에 대한 복원은, 현재의 삶으로부터 측정되는 거리감에 대한 이해를 동반하며, 그 거리감을 통해서 우리는 위안을 받기도 하고, 충격을 받기도 한다. 그 정서적 반응은 '지금으로부터' 이어지는 시간적 간극에 대한 인식이기도 하며, 한편으로 과거 경험과 현재 시간의 동시성과 인접성이 유발하는 일체감이기도 하다. 과거의 고통이, 상처가 아름다울 수 있는 것은, 동시대의 경험을 기억하는 세대가 존재한다는 사실과 경험 시간의 근접성에서 비롯된다. 전원사회, 산업사회, 정보화사회를 한 세대내에 경험한다는 것은 놀랍다. 이를 달리 표현하면, 사람들의 내면 속에 여전히 선명하게 기억되고 있는 시간과, 현재의 삶이 유발하는 낙차이며 거리감에서 오는 충격일 것이다. 그 인접성에 우리는 놀라면서 안타깝고, 반가우면서도 애처로운 것이다.

내가 아래채로 들어서자 어머니는 쪽마루 앞에 나앉아 비가 내리는 하늘을 멍하니 바라보고 계셨다. 얼굴은 수심에 차 있었다. 선례 누나는 간이부엌 앞에 쪼그리고 앉아 한 손에 영어 단어장을 들고, 다른 손에는 솥이 얹혀진 풍로 아궁이에 부채질을 하다 나를 보았다. 인제 오냐, 하고 누나가 작은 소리로 말했다. 준호아버지를 닮았는지, 애늙은이처럼 장난치거나 재담을 떨거나, 심지어 웃을 적도 없는 길중이는 방바닥에 엎드려 몽당연필에 침칠해가며 숙제를 하고 있었다. 막내는 숙제하는 형 옆에 엎드려 풀코를 빨아먹으며 구경했다. 집안 공기가 늘 그렇듯 날씨처럼 음울했다.

3. 골목을 돌아

골목을 돌아 나무로 지어진, 문턱 높은 대문을 넘어 마당으로 들어서면 한켠엔 낡고 찌그러진 양은 솥이나 곡식 등을 까부리는 키가 걸려 있고, 쪽마루로 이어진 방이 몇 개 보이기도 했다. 슬레이트 지붕 밑엔 제비집이 걸려 있기도 했고, 구멍이 세 개 뚫린 벽돌로 쌓은 구석 벽에는 연탄이 몇 줄 서 있기도 했다. 1960년대 후반과 70년대 초반에 유년 시절을 보냈던 내 삶의 풍경에는 산동네 집들이 보인다. 카바이트 불빛에 의지한 겨울 거리의 과일 상인이나, 재래식 화장실에서 인분을 나르던 지게꾼의 모습, 버스 정류장에 내려서도 한참을 걸어 올라가야 했던 산동네 골목길은 지우기 어려운 흔적으로 남아 있다. 시간의 거울.

『마당깊은 집』의 그 깊은 마당을 둘러싸고 살아가는 사람들은 하나하나 다르지만, 우리의 경험들을 낱낱이 재생하는 존재라는 공분모를 지닌다. 그들에게 삶은 누리는 것이 아니라, 생존의 차원이었지만, 그곳에 담겨 있던 아픔의 기억은 아름답기까지 하다. 마당을 둘러싼 그들의 생활은 하나의 렌즈로 투과되면서 공간성이 곧 이야기로 구성된다. 그들이 존재하는 생활 공간이 곧 그들의 체험이고, 시간이고, 역사이면서 이야기가 된다. 마당깊은 공간에서 재생되는 기억의 영상이 『마당깊은 집』의 존재방식이다.

> 아래채는 크기가 같은 방이 네 개였는데, 그 무렵 우리 식구가 쓰는 방까지 합쳐 아래채는 네 가구가 살았다. 아래채 뒤란이래야 굴뚝이나 빼낼까 곧장 담이어서 부엌을 낼 수가 없었다. 그러다 보니 방마다 쪽마루 앞 한켠에 판자로 한 평 정도의 가건물을 내 키만한 높이로 짓고 루핑을 덮어 부엌으로 사용하고 있었다. 방은 장이나 다락이 없어 편리하게 쓰도록 선반을 달아 잡동사니 물건을 얹었었다. 피난민 신세가 모두 그렇듯, 부엌 세간 또한 사과 궤짝을 찬장 삼아 포개어 놓고 동두깨비(소꿉질) 같은 살림을 살았다. 사실 아래채 네 가구는 모두 피난민 떨거지들로, 그 당시 장관동은 대체로 한두 가구의 피난민이 문간방이나 곁채, 아래채에 세를 들어 살았다. 우리 식구가 살던 네 평이 채 안 되는, 어머니 표현대로 분갑만한 방은 아래채 가장 끝방으로, 변소에서 시작되는 수채 겸한 개골창이 집 가

장자리로 흘러 늘 퀴퀴한 냄새가 들창으로 스며들었다. 원래 아래채는 방이 두 칸이었는데, 전쟁이 나자 여러 가구의 세를 들이려 방 가운데 판자벽을 쳐서 네 칸으로 만들었으므로 우리 다섯 식구가 누우면 방안이 거의 찼고, 귀기울이지 않아도 옆방 말소리가 재잘재잘 들렸다. 그러나 대구 변두리 야산을 뭉개고 피난민이 마구잡이로 판잣집이나 거적집을 지어 하수구나 변소조차 제대로 갖추지 못한, 허리 숙여 들랑거리는 날림집에 비한다면, 마당깊은 집 셋방이야말로 사람 살 만한 터라 아니할 수 없었다.

4. 사람들

사람들 사이에 시간이 있고, 역사가 있다. 삶의 방식과 무관하게 흐르는 시간은 없다. 시간은 삶의 구체적인 행위를 간섭하는 존재이다. 그것을 역사의 논리라고 말하는 경우도 있다. 사람들은 그 역사 속에서 지금이 어떤 시간인지, 자신이 어떤 자리에 서 있는지 모르는 경우가 있다. 역사는 초시간적인 존재인가. 혹은 역사 속에서 개별자의 운명은 어떻게 되는 것인가. 이런 질문들에 대한 답 역시 역사 속에 놓여 있는 것일까. '최정태'라는 인물은 역사의 그 교활한 간계에 희생된 인물인가. 역사는 그렇게 발전하는 것인가. 하지만 우리의 관심은 개별자로서의 한 인간의 파멸과 운명에 있다. 역사적 슬픔이라는 말은, 구체적인 사람들의 불행으로 외화된다. 그런 의미에서 최정태와 함께 우리 역사의 슬픔을 가장 명시적으로 체화하고 있는 인물은 '준호아버지'이다. 그들의 불행은 오도된 역사의 욕망이 만들어 놓은 아픔이다. 따라서 그들은 같은 무게를 지닌다. 좌우의 이념이란 한낱 허깨비 같은 존재가 아니던가. 이념이 우리 삶의 어떤 부분을 아름답게 만들어 주는가. 이념이란 체제 유지 욕망의 필연적 산물이자, 울타리 아닌가. 그 속에서 사라진 무수한 이름들을 우리는 지금 어떤 이념으로 위로하고자 하는가. 역사는 정말 진보하는가?

"최형 같은 반골은 어느 체제든 쉽게 적응하기 힘들겠지만, 자라나는 후세들에게 자유으 소중함을 깨워주기 위해서두, 또 총들구 직접 싸워보지 않은 최형 같은 이를 위해서두 반공 정신은 필요하다구 보우. 무슨 말인구 하니, 이 땅에서 전쟁과 같은 폭력 혁명을 신봉하는 자들은 무조건 사라져야 한다구 봅니다. 우리 전우가 목숨 바쳐 가며 어떻게 지켜온 자유입니까. 아직 참다운 자유주의를 제대루 실행해보지 못해 정치적 후진성을 면치 못하는 남한으 자유주의는 문제점이 없지두 않지만 말입니다."

"전쟁이 사람들 다 버려 놓았이요. 모두들 돈의 노예가 되어 왕도둑놈들 앞에서두 그저 발발 기는 체제 순응주의자가 되구 말았으니. 도둑질이든 뭐를 하든 날래 벌어 잘살겠다는 욕심 하나에 매달려 있디 않갔시오. 그렇다구 정직하게 힘써 버는 하층 계급이 잘살게 되느냐 허면, 이런 계산은 뱁새가 황새 따라가기밖에 더 되갔시요."

5. 성장한다는 것

성장한다는 것은 거대한 사회가 생산해 놓은 금기의 체계와 맞부딪치는 일이다. 사회화되기를 끊임없이 강조하는 데 모든 기존의 이데올로기가 작용하고 있지만, 실상 사회화란 '울타리 밖이 없음'을 철저하게 인식하기가 아닌가. '더러운 세월'의 시간과 '마당깊은 집'의 공간을 벗어나서 어디론가 지향한다는 것은 삶의 냉혹한 현실을 수용하는 일이 아닌가. 집 밖을 나서서 길을 간다는 것, 신문뭉치를 들고 골목을 걷는 일은 다름 아닌 이 지상 위에 홀로 서야 한다는 것, 아버지가 부재하고 있다는 현실을 뼈아프게 인식한 후에 그 대리 아버지가 되어야 한다는 무거운 명제가 아닌가. 하지만 사랑의 결핍은 고통을 동반하는 것. 모성성의 부재마저 확인해야 했던 소년에게 삶은, 성장과정을 넘어서 빨리 늙고 싶다는 충동을 갖게 한다. 『양철북』에서 보이는 시간에 대한 거부와 동궤에 놓이는 정신적 편향성. 소멸의 충동, 혹은 지상 위에서 유폐되고 싶은 욕망(기차역에서 잠들기와 꿈)이 그것이다.

내가 이 다음에 어른이 된다고 모든 경쟁 상대로부터 이긴다는 보장은 없었다. 나는 신문팔이와 신문 배달을 통해 세상살이의 어려움을 눈치로 터득했고, 사람과 사람의 관계가 얼마만큼 이기적이며 그 생존 경쟁에서 이기기가 얼마나 힘든지를 너무 일찍 알아버린 셈이었다. 어머니 말처럼 장차 내가 집안 의지기둥이 되려면 남을 딛고 일어서야 하는데, 그러자면 정직과 성실만으로는 어렵고 실력 · 체력 · 노력 · 거기에 탐욕 · 교활 · 언변 따위까지 갖추지 않으면 안 되었다. 나는 도무지 어머니의 그 맺힌 한을 풀어드릴 수 없을 것 같았다. 내가 여자로 변할 수 없다면 어서 세월이 흘러 머리 허옇게 센 노인이 되고 싶다고 내가 생각하기 시작한 것도 그날 아침 어머니 그 말씀을 들었을 때부터였다.

6. 여전히 무너지지 않는

여전히 무너지지 않는 기억이 있다. 산동네 골목과 통나무로 된 전신주, 모래나 철근, 문고리, 못 등을 팔던 '철물점'의 풍경, '종로구 창신동' 산동네의 계단 많은 언덕 위의 시간들. 『마당깊은 집』은 그 무너지지 않는 기억들이 살아 있는 공간이다. 그 마당을 묻어 두고 우리는 또 어떤 시간으로 우리를 기록할 것인가. 우리가 묻어 버리는 기억들은 상처인가, 아름다움인가. '마음의 한 귀퉁이가 무너져내리 듯' 한 아픔은 '길남' 의 것인가, 나의 것인가.

그렇게 학교와 대구일보사로 맥빠진 채 나다니던 4월 하순 어느 날, 나는 마당깊은 집의 그 깊은 안마당을 화물 트럭에 싣고 온 새 흙으로 채우는 공사 현장을 목격했다. 내 대구 생활 첫 일 년이 저렇게 묻히고 마는구나 하고 나는 슬픔 가득 찬 마음으로 그 광경을 지켜보았다. 굶주림과 설움이 그렇게 묻혀 내 눈에 자취를 남기지 않게 된 게 달가웠으나, 곧 이층 양옥집이 초라한 내 생활의 발자취를 딛듯 그 땅에 우뚝 서게 될 것이다.

7. 나는 아직도

나는 아직도 그 『마당깊은 집』을 자꾸 돌아보며 걷고 있다. 2002년 바람 부는 3월에…….

삶의 곤궁함을 눙치는 깊은 마당

—『마당깊은 집』의 소설어

강상대

소설어는 어휘 자체의 언어적 의미에 더불어서 그 어휘를 의도적으로 창조하고 선택한 작가의 숨결을 지니기 마련이다. 어휘는 본래 끊임없이 신생과 소멸을 거듭하는 생명체이며, 이것에 작가의 상상력과 세계관이 개입된 소설어는 더욱 활발한 세포분열을 하게 된다. 따라서 언어학의 측면으로 볼 때, 사전 편찬에 있어 실질적이고 유용한 언어자료로서 소설어의 가치가 인정되고 있음은 당연한 것이다. 그런데 이렇듯이 소설어의 생명성이 유독 주목될 수 있는 까닭은 소설이 그려내는 삶의 현장성에 근거하고 있다. 소설의 시공간을 가장 효과적으로 생동감 있게 전달해 주며, 등장인물들의 성격을 생생하게 실재화시킴으로써 소설어는 독자를 거침없이 소설의 현장 속으로 끌고 들어간다.

전쟁이 끝난 1954년, 대구시 장관동의 곤궁한 삶의 현장으로 우리를 이끌어 가는 것도 『마당깊은 집』의 소설어이다. 손수레나 지나다닐 수 있는 '좁장하고' 꼬불꼬불한 골목길, 겨울 한철을 빼곤 늘 시궁창 냄새가 났고 여름이면 장구벌레떼가 '오골거리는' 하수구가 있는 장관동의 마당깊은 집 아래채에서 우리는 사과 궤짝을 찬장삼아 포개어 놓고 '동두깨비' 같은 살림을 살고 있는 것이다. 이 소설에서 김원일의 소설어는 전쟁 직후의 간난스런 삶을 실감으로 얼비치게 하는 작가의 고백적 언사인 동시에 소설로써 자기 동일시의 욕망을 한껏 충족시킨 성장의 기록이다. 그러므로 이 소설은 작가가 살아 있는, 작가를 결코 지워 버릴 수 없는 서사가 된다. 그런데 『마당깊은 집』의 소설어는 형언할 수 없이 곤궁한 삶을 '말하는' 작가가 그 곤궁함을 현실의 논리로 예각화하는 것이 아니라 미적·정서적으로 눙치는 모습을 보여주고 있어 주목된다. 한 예를 들어 보자.

그때, 호루라기 소리가 요란하게 들리자 행상 아주머니들이 재빨리 자기 목판이나 광주리를 챙겨들었다. 준호엄마도 풋능금이 담긴 목판을 머리에 이고 호루라기 소리가 들리는 반대쪽으로 좇음걸음을 놓았다. 그네 등에 업힌 갓난아기의 머리통이 애호박처럼 대롱거렸다.

상이군인의 아내인 준호엄마가 단속반에 쫓기는 장면에서 이 소설의 화자인 길남이는 '좇음걸음'이라는 표현을 쓴다. 이것은 뛰지도 않고 그렇다고 천천히 걷는 것도 아닌 "급하게 뒤따르는 걸음"을 뜻하는 작가의 조어이다. 단속반에 쫓긴다고 한들 갓난아기가 등에 업혀 있으므로 함부로 뛰지 못하고 좇음걸음을 해야 하는 것이다. 그런데 화자는 준호엄마의 다급한 심사가 생생하게 느껴지는 듯한 이 장면을 긴박스런 상황으로 표출해내지 않고 "갓난아이의 머리통이 애호박처럼 대롱거렸다"고 눙쳐 버린다. 이런 희화화로 인하여 일상의 아픔과 어두운 현실은 폐부의 저 깊숙한 곳으로 스며들어 짐짓 시치미를 뗀다. 삶의 곤궁함을 독기와 적의로써 다스리지 않고 직수굿하게 끌어안고 있는 것이다. 이와 같은 화법이 있음으로 해서 『마당깊은 집』은 폐기되어야 마땅한 슬픈 유년의 기억이 아니라 항상 되새김질로 불러내어 가슴을 적실 수 있는 추억으로 가득 찬, 아득한 그리움의 공간이 된다. 『마당깊은 집』의 소설어가 큰 감동으로 생명력을 발하는 것은 그 깊은 마당에 묻어 둔 삶을 곤궁함을 우리가 아직까지도 더불어 느끼는 때문일 것이다.

『마당깊은 집』의 소설어

가녘 가장자리. * 내가 닫힌 솟을대문 가녘에 숨듯 몸을 붙이고 풀빵을 베어먹자, 골목길 저쪽에서 누구인가 걸어왔다.

가리 단으로 묶은 곡식이나 장작 따위를 차곡차곡 쌓은 더미. * 얼굴 얽은 장정이 가리 위에 있는 동료에게 통나무를 올려주었다.

간짓대 대나무로 된 긴 장대. * 빨래한 아기 기저귀를 위채 통나무 쌓아놓은 쪽 간짓대 줄에 널던 준호엄마가 민망한 듯 말했다.

갈마보다 양쪽을 번갈아 보다. * 사내가 매서운 눈길로 나를 갈마보며 물었다.

감사납다 생김새나 성질이 억세고 사납다. * 강형사가 감사납게 외쳤다.

건덕지 '건더기'의 방언. * 종지가 있어 손가락으로 건덕지를 집어내어 먹다 보니 풋고추 넣은 쇠고기 장조림이었다.

걸다 ①음식 따위가 가짓수가 많고 푸짐하다. ②음식을 닥치는 대로 가리지 않고 먹거나 말을 거리낌없이 함부로 하다. * 김치를 반찬으로 먹는 게 아니라 밥을 반찬 삼아 걸게 먹었다.

걸음품 주로 대가를 위하여 오고 가는 데 드는 수고, 또는 그 대가. * 이사를 해도 이웃집이라모 모를까 큰길 두 개만 건넌다 캐도 걸음품 팔기 싫어하는 젊은 것들이 길 물어가며 옷감 들고 찾아오겠습니껴.

검누렇다 검은빛을 약간 띠면서 누렇다. * 얼굴이 검누렇게 뜬 데다 늘 부기가 있는 그네의 변소 출입은…….

검세다 성질이 질기고 억세다. * 평소의 그검세 보이던 표정과 달리 서먹해하는 준호아버지로부터 나는 빨리 떠나야 한다고 생각했다.

검질기다 성질이나 행동이 몹시 끈덕지고 질기다. * 노마님도 경기댁의 그 검질긴 캐어내기 작전에 물렸음인지 며느리의 비행을 털어놓았다.

게걸거리다 상스러운 말로 소리를 지르며 불평스럽게 자꾸 떠들다. * 하루에 열대여섯 시간은, 머리가 '아뿌다'며 끝없이 게걸거리던 죽기 직전의 그 깡마른 길수 모습은 지금도 생각하기조차 끔찍하다.

결기 ①못마땅한 것을 참지 못하고 성을 내거나 왈칵 행동하는 성미. ②곧고 바르며 과단성 있는 성미. * 노마님이 안씨에게 결기를 돋우었다.

고공살이 머슴살이. * 어머니는 세 자식을 이모댁 문간방에 맡겨놓고 남의 집 고공살이로 떠돌았다 했다.

고누 땅이나 종이 위에 말밭을 그려 놓고 두 편으로 나누어 말을 많이 따거나 말 길을 막는 것을 다투는 놀이. * 아이들은 욕설로 말싸움질이 잦았지만 땅따먹기 · 고누놀이 · 공기놀이로 시간을 때우기도 했다.

고무래 곡식을 그러모으고 펴거나, 밭의 흙을 고르거나 아궁이의 재를 긁어 모으는 데에 쓰이는 '丁'자 모양의 기구. * 주인집 노마나님은 마당 멍석에 말리던 김장용 고추를 고무래로 뒤집던 참이었다.

골기와 암키와의 이음 짬에 수키와를 덮어서 골이 지게 만든 기와. * 위채 두 동 한옥은 다섯 벌 돌층계 위에 덩실하게 앉은 골기왓집이었다.

깜조록하다 까무잡잡하다. * 깜조록한 얼굴에 쌍거풀진 눈이 예쁜 순화누나는 혼기찬 처녀였다.

깡아리 '고갱이'의 방언. ①풀이나 나무의 줄기 한가운데에 있는 연한 심. ②사물의 중심이 되는 부분을 비유적으로 이르는 말. * 죽은 나무두 깡아리가 있으니 잘 얼러줘야 해.

꼴머슴 땔나무나 꼴을 베는 일을 하는 어린 사내종. * 그 촌바닥에서야 꼴머슴 아니모 장돌뱅이밖에 더 되겠나.

난든집 손에 익어서 생긴 재주. * 힘자랑이 아니라

과연 기술이라 할 만한 난든집 솜씨였다.

난들 마을에서 멀리 떨어진 넓은 들. * 겨울 한철에 난들 손은 방에 들이지 않는 법이다.

눈겨룸 눈싸움. * 내가 선례누나에게 물었으나 누나는 밥상에 펴놓은 책에 눈겨룸만 할 뿐 대답이 없었다.

대문니 앞니의 가운데에 위아래로 두 개씩 있는 넓적한 이. * 장정이 나를 보며 구레나룻 사이 누런 대문니가 보이도록 흐물쩍 웃었다.

더껑이 걸쭉한 액체의 거죽에 엉겨 굳거나 말라서 생긴 꺼풀. * 그 동안 하루도 맑은 하늘을 볼 수 없을 만큼, 더껑이진 구름은 밑창이라도 뚫렸는지 쉼 없이 비를 뿌렸다.

도마의자 도마 모양의 의자. * 댓 평 남짓한 사무실 태반을 길다란 책상이 차지했고, 더벅머리 수금사원 셋이 도마의자에 앉아 영수증과 돈을 책상에 늘어놓고 아퀴를 짓고 있었다.

도부꾼 '도붓장수'를 낮잡아 이르는 말. 이리저리 돌아다니며 물건을 파는 사람. * 개성서 인삼 도부꾼을 상대로 일수놀이하던 부자와 샛살림을 차려서 낳은 애들이…….

동두깨비 '소꿉질'의 경상도 방언. * 부엌 세간 또

한 사과 궤짝을 찬장 삼아 포개어놓고 동두깨비(소꿉질) 같은 살림을 살았다.

동태 '굴렁쇠'의 경상도 방언. * 어무이 뒤로, 동태(바퀴)를 뒤로 돌리이소!

둥덩산같다 ①물건이 쌓여 있는 모양이 푸짐하게 많아 둔덕지다. * 자기 몫 음식이 따로 있지 않고 둥둥산같게 잰 음식을 저런 방법으로 양껏 먹을 수 있다니, 참으로 부러운 광경이 아닐 수 없었다. ②솜옷 따위를 두껍게 입거나 하여 배가 몹시 불룩하게 나오다. 또는, 옷 따위가 몹시 불룩하다.

뒤란 집 뒤 울타리의 안. * 아래채 뒤란이래야 굴뚝이나 빼낼까 곧장 담이어서 부엌을 낼 수가 없었다.

들퍽지다 매우, 실컷. * 고기 반찬에 쌀밥 한번 들퍽지게 포식해봤으면, 할 정도로 대구 생활의 내 소원은 그저 먹는 생각뿐이었다.

등심 '등'의 방언. * 어머니는 수건에 얼굴을 묻고 등심이 떨리도록 울었다.

등피 등불이 꺼지지 않도록 바람을 막고 불빛을 밝게 하기 위하여 남포등에 씌우는 유리로 만든 물건. * 바쁜 일감이 밀렸을 때나 선례누나가 공부할 때가 아니면 호롱불조차 켜지 않는 당신이 그때는 등피를 들치고 호롱 심지에 불을 댕겼다.

때꾼하다 눈이 쏙 들어가고 생기가 없다. * 퀀셋 건물 한쪽 유리창에는 굶어죽지 않고 살아남은 고아들의 파르족족한 얼굴들이 조롱박처럼 매달려 때꾼한 눈동자로 마당의 구경꾼을 살폈다.

땡고함 자기의 처지, 신분에 맞지 않게 갑자기 지르는 고함. * 주인아저씨의 이런 땡고함이 아래채에까지 들려오곤 했다.

떨쳐입다 옷 등을 모양나거나 위세 있게 입다. * 조선옷으로 날아갈 듯 떨쳐입고 집을 나섰다.

맨숭머리 아무것도 쓰지 않은 머리. * 신문 나오기를 기다리는 내 또래 맨숭머리 머슴애들이 스무 명 남짓 와글거렸다.

무작하다 무지하고 우악하다. * 내 소견으루 반공을 앞세워 선량한 시민을 무작하게 다스리는…….

발틀 발재봉틀. * 아버지가 어머니를 위로하는 방편으로 사준 발틀이었다.

방고래 방의 구들장 밑으로 나 있는, 불길과 연기가 통하여 나가는 길. * 장작을 때다 보면 방고래며 굴뚝이 자주 막혀 불땀이 없었고…….

방장 ①방문이나 창문에 치거나 두르는 휘장, 흔히 겨울철에 외풍을 막기 위하여 친다. ②모기장. * 더욱 장마 뒤끝에 모기떼가 얼마나 극성을 부리는지 날마다 방장 속으로 들어가기 전까지 예닐곱 군데는 그 놈들에게 쏘임을 당했다.

뱃구레 사람이나 짐승의 뱃속을 속되게 이르는 말. * 빈 뱃구레로 구린내 맡기 지겹지두 않남.

벅벅이 그러하리라고 미루어 헤아려 보건대 틀림없이. * 하루 끼니 굶지 않고 살기가 힘든 줄 벅벅이 깨닫자 목울대로 무엇인가 울컥 복받쳤다.

번철 전을 붙이거나 고기 따위를 볶을 때에 쓰는, 솥뚜껑처럼 생긴 무쇠 그릇. * 순화누나가 간이부엌 앞에 쪼그리고 앉아 풍로 번철에 돼지고기를 볶으며 우리 쪽을 보았다.

벋서다 버티어 맞서서 겨루다. * 아주머니가 작은 소리로 무어라고 말대꾸하며 벋섰으나 아저씨는 아주머니를 한사코 사랑채로 끌고 갔다.

보짱 마음속에 품은 꿋꿋한 생각이나 요량. * 나는 그렇게 할 보짱이 없었다.

복작거리다 많은 사람이 좁은 곳에 모여 수선스럽게 자꾸 들끓다. * 그가 걸음을 멈춘 곳은 장꾼들로 복작거리는 채소전 어귀였다.

복쟁이 흰점복. * 저 자슥들만 읎었다 캐도 나는 이미 석가래에 목매달거나 복쟁이 알이라도 묵고 죽었을 끼다.

봉창 '봉창하다'의 어근. ①물건을 몰래 모아서 감추어 두다. ②손해 본 것을 벌충하다. * 굶는 봉창이라도 하듯 누나는 공부에만 매달렸다.

불땀 화력이 세고 약한 정도. * 장작을 때다 보면 방고래며 굴뚝이 자주 막혀 불땀이 없었고…….

비칠걸음 이리저리 비틀거리며 걷는 걸음. * 중문 쪽에서 우산을 펴든 주인아저씨가 무릎까지 물에 잠긴 채 위채로 비칠걸음을 걷는 모습이 얼핏 보였다.

빙충맞다 똘똘하지 못하고 어리석으며 수줍음을 타는 데가 있다. * 내 막내아우 길수는 앙가발이걸음으로 그 개구쟁이 둘을 졸졸 따라다니며 늘 빙충맞은 짓을 도맡아 했다.

뾰조록하다 '뾰족하다'의 본말. * 눈이 작고 턱이 뾰조록해 고슴도치 같은 인상을 주었다.

뻥시레 슬며시 입을 벌리는 듯하면서 소리 없이 부드럽게 웃는 모양. * 통나무를 옮겨주는 누나 옆에 섰는 나를 보며 장정이 뻥시레 웃었다.

사리다 정신을 바짝 가다듬다. * 결심을 사려먹었는지 김천댁 목소리가 의외로 아귀세었다.

살살이 간사스럽게 알랑거리는 사람. * 아까 저녁답에도 경기댁이 노마님께 살살이를 치던데예.

삿매질 상앗대 따위로 때리는 매질. 상앗대는 배를 떼거나 댈 때, 또는 물이 옅은 곳에서 밀어 나갈 때 쓰는 장대를 말함. * 어머니는 이렇게 지청구를 떨며 삿매질을 해댄 끝에 내가 입에 거품을 물고 늘어질 때서야 회초리를 거둘 게 분명했다.

선겁들리다 매우 놀라거나 두려워하다. * 그 소동에 젖먹이 딸애가 깨어나 선겁들린 울음을 터뜨렸다.

소마소마 무섭거나 두려워서 마음이 초조한 모양.
* 길거리에서 파란 눈을 한 몸집 크고 털이 부숭한 미군을 보면 그가 말을 걸어오지 않아도 왠지 소마소마했는데, 누나 말을 듣자 더욱 겁이 났다.

소사스럽다 보기에 행동이 좀스럽고 간사한 데가 있다. * 무슨 봉변이나 당할까보아 잠옷을 입은 주인 아주머니가 소사스럽게 말하곤 사랑방으로 얼른 몸을 감추었다.

수꿀 '수꿀하다'의 어근. 무서워서 몸이 으쓱하다.
* 수꿀해진 나는 할말이 없었다.

수세다 매우 세차다. * 집에서는 목소리조차 듣기 힘들었던 그의 수센 고함에 아래채 사람들이 모두 놀라 쳐다보았다.

숙지막하다 어떤 현상이나 기세가 좀 가라앉다.
* 그런 분란이 숙지막해지자 이번에는 성준형이 '오성직물'의 어린 여공을 건드려 말썽을 부린 것이다.

시근 '식견'의 경상도 방언. * 나돌아댕기다 보이니도 세상물정 다 아는구나. 제법 시근(식견)이 텄어.

시껍묵다 '혼나다'의 경상도 방언. * 지가 산골에 있을 때는 산에 나무 비어내다 들키모 주재소에 붙잡혀 가서 시껍묵던(혼쭐나던) 데예.

신둥부러지다 지나치게 주제넘다. * 주인아저씨의 신둥부러진 말에 아래채 누구인가가 희떱다는 듯 한마디 했다.

싱겁을 떨다 말이나 행동이 제격에 어울리지 않고 멋쩍다. * 홍규씨가 싱겁을 떨곤 「비의 탱고」를 휘파람으로 불었다.

쑤얼거리다 알아들을 수 없는 말로 자꾸 실없이 이야기하다. * 경기댁은 변소 앞에 앉아 이렇게 쑤얼거리며 손톱이 타도록 담배를 태웠다.

씨억하다 성질이 굳세고 활발하다. * 정태씨의 씨억한 말에 어머니가 대꾸를 못 하고 방문을 닫을 줄 알았는데, 그게 아니었다.

아귀차다 휘어잡기 어려울 만큼 벅차다. * 어머니의 아귀찬 말을 떠올리자, 나는 용기를 내지 않을 수 없었다.

아람 아름. * 드디어 그는 내가 들기에도 무거운 아람이 될 통나무 도막을 받침목에 걸치더니 징을 박기 시작했다.

아퀴 일을 마무르는 끝매듭. * 댓 평 남짓한 사무실 태반을 길다란 책상이 차지했고, 더벅머리 수금사원 셋이 도마의자에 앉아 영수증과 돈을 책상에 늘어놓고 아퀴를 짓고 있었다.

악심 독하게 먹은 마음. * 우짜든동 악심 묵고 용기를 내라.

악퍼지르다 몹시 심하게 포악한 짓을 하거나 떠들다. * 어젯밤 잠을 제대로 못 잔 어머니가 핏발선 눈으로 나를 쏘아보곤, 재봉틀을 돌리며 연방 악퍼질렀다.

안들 아낙네들. * 그 안들이 평양댁 방과 막은 판자때기 어데다 구멍을 내놓고 쥐새끼처럼 모든 말을 엿들을 끼라.

앙가발이 다리가 짧고 굽은 사람. * 팔다리가 앙상하게 마른 데다 앙가발이걸음을 걸었다.

어둑신하다 어둑하다. * 낮조차 어둑신한 가운데 세상은 온통 비에 젖었고, 도시는 습기 속에 중병 환자로 앓는 꼴이었다.

어슴새벽 어슴푸레한 새벽. * 어슴새벽으로 건물 위 하늘이 희부옇게 터오고 있었다.

어질머리 어질병. * 그래서 나는 숯가스 중독으로 어질머리를 앓다 못해 여러 차례 먹은 음식을 죄 토하기도 했다.

언슨시럽다 '지긋지긋하다'의 경상도 방언. * 그 언슨시러븐(지긋지긋한) 난리 겪고 지난 이바구 하모 뭐합니꺼.

엇지다 조금 빗나간 듯하다. * 손씨가 기계실에서 손수레에 신문을 백 부 단위로 가로 세로 엇지게 얹어 나오면, 배달원들이 그분 주위에 모였다.

에두르다 ①에워서 둘러막다. * 나도 미군부대를 에두른 겹겹의 철조망을 대구로 와서 본 적 있었다. ②바로 말하지 않고 짐작하여 알아듣도록 둘러대다.

여투다 돈이나 물건을 아껴 쓰고 나머지를 모아 두다. * 매질만 해도 어머니는 내게만 유독 극악을 떨었고, 어렵고 힘든 일은 여투어두었다 내게 맡겼다.

연갑내기 서로 비슷한 나이나 그런 사람. * 나는 연갑내기의 그와 친해졌다.

오감하다 분수에 맞아 만족히 여길만 하다. * 굶을 때를 생각하면 이것도 오감치(감지덕지) 하시곤, 사람 발에 밟히고 흙이 묻었어도 깨끗이 씻어 국을 끓이면 된다고 했다.

오골거리다 오글거리다. 작은 벌레나 짐승, 사람 따위가 한 곳에 빽빽하게 많이 모여 자꾸 움직이다. * 겨울 한철을 빼곤 늘 시궁창 냄새가 났고 여름이면 분홍

색을 띤 장구벌레떼가 오골거렸다.

오돌지다 오달지다. 허술한 데가 없이 야무지고 알차다. * 푸른 심줄이 오돌진 올챙이 배를 한 아이가 있는가 하면 부스럼을 머리통에 뒤집어쓴 아이, 마른버짐이 얼룩처럼 얼굴에 핀 아이도 있었다.

옥마음 옥죄어 굳은 마음. * 앞으로 이런 찌꺼기 음식을 아무렇지 않게 먹을 수 있어야 한다고 나는 옥마음을 먹었다.

옴팡눈 옴폭하게 들어간 눈. * 손씨의 째려보는 옴팡눈만 떠오르면 그 부끄러움쯤은 참아내는 도리밖에 없었다.

옴팡하다 가운데가 조금 오목하게 들어가 있다.
* 옴팡한 눈이 쥐눈처럼 반들거려 나는 손씨를 마주 보지 못한 채 묻는 말에만 겨우 대답했다.

옹송그리다 춥거나 두려워 몸을 궁상맞게 몹시 옹그리다. * 엄동 한시절을 어떻게 넘길꼬 하며 가난한 사람들은 마음부터 추위로 옹송그려지게 마련이었다.

왜자기다 왁자지껄하게 떠들다. * 솟을대문 앞에서 큰 소리로 왜자긴다 해도…….

우장옷 비옷. * 우장옷을 둘러쓴 내가 통나무 위로 올라가서 가마니를 덮고 있을 때였다.

윽물다 단단히 결심하거나 무엇을 참아 견딜 때에

힘주어 이를 꾹 마주 물다. * 그 목소리가 설움에 울먹이기는커녕 그 아픈 상처를 두고 복수나 할 듯 입술까지 윽물어, 그의 굳센 성격을 짐작케 했다.

은결들다 ①상처가 내부에 생기다. ②원통한 일로 남모르게 속이 상하다. * 어머니가 비명을 지르는 내게 은결든 목소리로 이기죽거렸다.

응덩 물다 이 따위를 꽉 물다. * 어금니 응덩 물고 결심을 새기자 어느 사이 두 눈에서 눈물이 흘러내렸다.

응절거리다 웅얼거리다. * 어머니가 응절거리며 속치마 위에 치마를 걸쳤다.

잔풍하다 잔풍이 부는 듯하다. * 햇살 맑고 잔풍한 오전이었다.

장맞이 길목을 지키고 기다리다가 사람을 만나려는 것. * 아침에 준호아버지가 순경에게 연행될 때 뒤쫓아가 지금은 파출소나 경찰서 앞에서 서방을 장맞이하고 있을지도 모르겠다.

쟁이다 물건을 어느 장소에 차곡차곡 포개어 쌓다. * 시장 어귀로 가자 김장용 배추와 무 더미가 수북이 쟁여 있었고 나무전에는 통나무가 집채보다 높게 쌓여 있었다.

저지레 일이나 물건에 문제가 생기게 만들어 그르치는 일. * 길수는 저지레만 할 테이 준호랑 나가 놀아라 카고 길남이 니가 옮겨라.

졸가리 잎이 다 떨어진 나뭇가지. * 힘없는 인민이야 졸가리 하나 꺾어두 그렇게 당하는 거디 어카갔어.

좁장하다 좁다랗다. * 손수레나 지나다닐 수 있는 좁장하고 꼬불꼬불한 골목길을…….

종재기 '종지'의 방언. * 길남아, 정지에 가서 간장 종재기 가꼬 온나.

주전부리 때를 가리지 아니하고 군음식을 자꾸 먹음, 또는 그런 입버릇. * 문자이모가 주전부릿감으로 종종 만두를 사오지 않았다면…….

주체스럽다 처리하기 어려울 만큼 짐스럽고 귀찮은 데가 있다. * 나를 주체스러워하는 태도가 역력했기 때문이었다.

중노미 음식점, 여관 따위에서 허드렛일을 하는 남자. * 신문을 팔지 몬하겠거덩 그 돈으로 차비해서 다시 진영으로 내려가 술집 중노미가 되든 니 마음대로 해라.

중동무이 하던 일이나 말을 끝내지 못하고 중간에서 호지부지 그만두거나 끊어 버림. * 땔감은 다투어 들여놓았으나 아래채 방 하나를 비워야 한다는 노마님의 말이 그뒤로는 중동무이가 되어…….

지대 건축물을 세우기 위해 터를 잡고 돌로 쌓은 부분. * 마치 주린 강아지처럼 지대 아래 오도카니 쪼그리고 앉아 그들의 식사를 입맛 다시며 지켜보곤 했다.

지분거리다 짓궂은 말이나 행동 따위로 자꾸 남을 귀찮게 하다. * 마침 가게 앞에서 김천댁을 상대로 경기댁이 무슨 이야기인가 지분거리는 소리가 들렸다.

직수긋하다 직수굿하다. 저항하거나 거역하지 아니하고 하라는 대로 복종하는 태도를 보이다. * 어머니는 나를 보고 집을 떠나라 말했고, 만약 그 말에 굴복하여 숯포대 회초리를 가지고 직수긋하게 방으로 들어온다면 전에 없는 가혹한 매타작이 시작될 터였다.

진솔옷 ①한 번도 빨지 아니한 새 옷. ②봄가을에 다듬어 지어 입는 모시옷. * 새로 맞춘 진솔옷을 찾아 입고 밤일터로 출근할 기생이었다.

집발 집으로 들어오는 발걸음. * 그해 칠월 중순부터 집발이 뜸해져, 내가 이상하게 생각했지러.

쪼그락지다 쪼그라들다. * 일꾼들은 추운 날씨에도 땀을 흘리며 열심히 일했고 노마님은 쪼그락진 입가에 푸짐한 웃음을 물고 그 광경을 지켜보고 있었다.

쪼작걸음 느리게 아장아장 걷는 걸음걸이. * 그런 말을 듣고 있던 노마님이 아래채로 쪼작걸음을 떼어 경기댁 가족 쪽으로 다가왔다.

쫓음걸음 급하게 뒤따르는 걸음. * 준호엄마도 풋능금이 담긴 목판을 머리에 이고 호루라기 소리가 들리는 반대쪽으로 쫓음걸음을 놓았다.

추달 ①매로 때림. ②죄를 심문하여 알아냄. * 지하 취조실이란 게 콩밥 먹이며 잠 안 재우고 추달한다잖아.

추레하다 겉모양이 깨끗하지 못하고 생기가 없다. * 몸이 불편한데 옷까지 추레하면 어디 온당한 대접을 받는 세상인니까.

추접다 '더럽다'의 경상도 방언. * 마님이 고아원에서 가스나를 델고 왔는데, 얼매나 추접던지.

통시 '뒷간'의 경상도 방언. * 야들아. 어데 가노. 그 물이 다 똥물 아이가. 바깥 통시가 넘쳤다는 것도 모리나.

털거지 털이 난 모양새. * 그 동안 묵묵히 일만 하던 털거지 사납게 생긴 장정이 안씨를 내려다보았다.

팔초하다 얼굴이 좁고 아래턱이 뾰족하다. * 김천댁 가게 처마 아래 흰 노타이 차림에 얼굴이 팔초하게 생긴 삼십 줄의 사내가 풀빵 굽는 김천댁에게 무슨 말인가 묻고 있었다.

패악 사람으로서 마땅히 하여야 할 도리에 어그러지고 흉악함. * 아푸더라도 소리내서 패악치지는 말거라.

시끄러버모 옆방에 잠을 못 잘 테이께.

포스랍다 포시럽다. 살이 통통하게 오르고 포근하고 부드럽다. * 그러나 낮 정오쯤이면 햇살 포스라운 따뜻한 날이 많았다.

포원 원한을 품음. * 먹는 데 포원이 진 내 경우로서는 그런 수모를 참아낼 수 없었다.

푸더분하다 푼더분하다. 생김새가 둥그스럼하고 두툼하여 탐스럽다. * 몸매도 날씬하지 않고 푸더분했다.

풀코 코가 나와 풀처럼 늘어진 것. * 막내아우 길수는 벌써 다섯 살로 푸른 풀코를 인중에 달고 다녔다.

해깝다 '가볍다'의 경상도 방언. * 이래 생각하모 내 마음이 쪼매 해깝다(가볍다).

행티 행짜를 부리는 버릇. * 그는 두 시간 넘게 위채에 머물며 대청 유리창까지 부수는 행티를 부렸다.

호뭄차 '혼자'의 경상도 방언. * 가족은 어데 떨구고 호뭄차 내려와 가족 찾아댕기는교?

호작질 손장난. * 나머지 학생들도 대체로 공부에 흥미가 없는 농땡이들로 수업 시간이면 다른 호작질을 하거나…….

활랑거리다 심장이 몹시 두근거리며 가쁘게 마구 뛰다. * 그 기쁨이 얼마나 컸던지 가슴부터 활랑거렸다.

황기끼다 겁을 내어 두려워하는 마음이 일어나다. * 어머니가 황기끼어 물었다.

후두들기다 함부로 막 두들기다. * 나무들이 빈 가지로 서서 찬바람에 후두들기기 시작하는 계절이 오면…….

호벅지다 탐스럽게 두툼하고 부드럽다. * 지난 여름 어느 밤, 부엌 안에서 목물하던 그네를 우연히 보았을 때, 어슴푸레 드러나던 그 호벅진 겨드랑살이 떠올랐다.

흔전만전 돈이나 물건 따위를 조금도 아끼지 아니하고 함부로 쓰는 모양. * 그 시절 문자로 말하자면 '빽' 있는 부유층은 잘 먹고 살며 흔전만전 돈을 썼으며…….

희떱다 ①실속은 없어도 마음이 넓고 손이 크다. ②말이나 행동이 분에 넘치며 버릇이 없다. * 주인아저씨의 신둥부러진 말에 아래채 누구인가가 희떱다는 듯 한마디 했다.

힘담없다 말소리에 풀이 죽고 기운이 없다. * 나를 돌아보며 어머니가 힘담없이 웃으셨다.

참고문헌

국립국어연구원 편, 『표준국어대사전』(전 3권), 두산동아, 1999.
김윤식 · 최동호 편, 『한국현대소설 소설어사전』(개정증보판), 고려대학교 출판부, 2000.
신기철 · 신용철 편, 『새 우리말 큰사전』(전 2권), 삼성출판사, 1974.

동화

할머니의 날개

조태봉

아빠가 출장에서 돌아왔다.
예정대로라면 아직도 지방에서 바쁘게 일을 하고 있어야 함에도 불구하고 며칠이나 앞당겨 돌아온 것이다. 초인종 소리에 문을 열어 준 엄마도, 거울 앞에 서서 옷매무새를 고치고 있던 나도 깜짝 놀랄 수밖에 없었다.

"아니, 며칠 더 걸릴 줄 알았는데. 무슨 안 좋은 일이라도 있는 거예요?"

"일은 무슨, 어머니 걱정도 되고 해서 급한 일만 처리하고 일찍 올라왔지. 어머니는?"

아빠는 엄마의 물음에 별 대수롭지 않게 대답하면서 할머니를 찾았다. 하지만 엄마는 우물쭈물하면서 대답을 제대로 하지 못했다. 순간 아빠는 할머니에게 무슨 일이 있나 하는 생각에 걱정스런 얼굴로 엄마를 바라보았다.

아빠가 보름 정도 걸릴 예정으로 출장을 떠나려 할 때 할머니는 웬일인지 자꾸 아빠를 붙들었다. 이번 출장을 다음으로 미루면 안 되겠느냐는 거였다. 하지만 아빠는 그럴 수 없었다. 할머니를 잘 달래 놓고 떠날 수밖에.

물론 마음은 무거웠다. 근래 들어 부쩍 건강이 안 좋아진 것 같았기 때문이다. 그런 데다 집을 비우지 말라는 둥 출장을 연기하라는 둥 하니 아빠는 할머니가 걱정스러울 따름이었다. 출장 가서도 좀체 일이 손에 잡히지 않았다. 생각다 못해 일을 대충 정리하고 서둘러 집으로 돌아온 것이었다.

엄마한테서 별 시원한 대답을 못 들은 아빠는 앞서서 거실로 들어섰다. 가방을 내려놓고 곧장 할머니 방 쪽으로 가려다가 내가 인사를 드리자, 볼에 뽀뽀를 해주면서 등을 토닥여 주었다.

아빠는 나를 늦둥이 막내딸이라고 언니보다도 더 예뻐했다. 물론 언니는 이제 다 커서 그런지도 모른다. 하기야 대학생인 언니는 기숙사에 들어가 있으니 귀여움을 받고 싶어도 받을 수 없긴 하다. 엄마는 아빠에게 애를 오냐오냐해서 키우면 버릇만 나빠진다고 종종 타박을 주곤 했다.

"근데 왜 한복을 입고 있니? 오늘이 무슨 날인가?"

아빠는 내가 입고 있는 한복을 살펴보며 물었다. 나는 속으로 아차 싶었다. 말을 못 해 쭈뼛쭈뼛하다가 아빠의 눈치를 살피면서 모기 소리만큼이나 작은 목소리로 말했다.

"이건…… 할머니가 새로 지어 주신 거예요."

순간 아빠의 얼굴이 굳어졌다. 몹시 화가 난 표정이었다.

그때 할머니 방에서 탈탈탈 탈탈탈 하고 낡은 손재봉틀 돌리는 소리가 작게 들려 왔다. 나는 조금 전까지만 해도 다림질을 하고 있던 할머니가 하필이면 지금 재봉틀을 돌릴 건 뭐람 하는 생각이 들었다.

아빠는 '내 이럴 줄 알았다니까' 하는 눈으로 엄마를 돌아보았다. 재봉틀을 누가 가져왔느냐고 꾸짖는 듯했다.

재봉틀 소리에 더욱 부아가 끓어오르는지 아빠는 마침내 할머니 방 쪽으로 성큼성큼 걸어가더니 문을 벌컥 열고 들어갔다. 나는 꼭 무슨 큰일이 일어날 것만 같아 가슴이 두근거렸다.

"어머니, 지금 뭐 하시는 거예요? 몸도 성치 않으면서 무슨 바느질을 한다고 그러세요. 그러다 몸이 더 상하면 어쩌시려고요. 당장 그만두세요."

아빠는 방바닥에 널려 있는 천조각 따위를 주섬주섬 주

워들었다.

"그냥 놔둬라. 이것만 끝내면 되는데 뭐 그리 극성인가. 이제 이 재봉틀질도 언제 다시 해볼는지."

할머니는 무겁게 가라앉은 목소리로 말했다.

"아니, 무슨 그런 말씀을……."

아빠는 혼잣말을 하듯 중얼거렸다. 한동안 그 자리에 붙박인 듯 서 있더니, 무슨 생각에선지 천을 내려놓고는 방에서 나가 버렸다. 나는 할머니 방을 나서는 아빠의 얼굴에 드리워진 어두운 그림자가 무섭게 느껴졌다.

아빠는 할머니가 재봉일을 하는 걸 무척 싫어했다. 오늘처럼 심하게 화를 낸 적은 없었지만 할머니가 재봉틀 앞에만 붙어 앉아 있는 걸 말리곤 했었다. 아빠로서는 할머니의 건강이 걱정되었기 때문이다.

할머니는 자주 숨이 차고 가슴이 답답해 괴로워하곤 했다. 그다지 뚱뚱한 편도 아닌데 혈압이 높은 데다 소화도 잘 되지 않는 모양이었다.

아빠는 재봉틀 때문이라고 믿었다. 할머니가 하루 종일 방 안에 앉아 재봉일만 했기 때문에 운동 부족에 소화불량으로 자꾸 아픈 거라고 했다. 사실 내가 보기에도 할머니는 일을 하고 나면 많이 아파했다.

"그렇게 앉아만 계시지 말고 송이 데리고 산책도 하고

노인정에라도 나가 놀기도 하고 그러세요. 운동을 해야 소화도 잘 되고 잠도 잘 주무실 거 아니에요."

아빠는 할머니한테 이렇게 말하곤 했었다. 하지만 할머니는 아빠의 말을 따르지 않았다. 이상하게도 할머니는 한 번 바느질을 시작하면 몇 시간이고 꼼짝하지 않고 앉아 일을 해야 직성이 풀리는가 보다. 내가 밖에 나가서 놀자고 졸라도 할머니는 재봉일을 멈추지 않았다.

그런 할머니가 언제부턴가 온종일 바느질을 하고 나면 몸져눕는 날이 많아졌다. 밤새도록 앓느라고 잠도 잘 못 주시는 것 같았다. 일 년 전쯤에는 너무 심하게 아파서 한밤중에 병원으로 실려 가기도 했다.

그러자 아빠의 걱정은 날로 깊어만 갔다. 일을 하더라도 너무 무리만 하지 않으면 좋을 텐데, 어떻게 하면 할머니가 일을 하지 못하게 할까 하는 고민에 빠지고 말았다. 생각 같아서는 할머니 머리맡에 놓인 재봉틀을 치워 버리고만 싶었다. 하지만 그걸 내다 버리자고 할 수도 없었다.

"이게 겉보기는 이렇게 볼품없어도 우리 다섯 식구를 먹여 살린 재봉틀이다. 아주 고마운 놈이지."

할머니는 늘상 이렇게 말했다. 무슨 소중한 물건을 다루듯이 틈틈이 낡은 재봉틀을 닦고 기름을 치곤 했다. 그리고는 집안 여기저기서 구멍난 양말, 헤진 속옷 등 일부러 바느질거리를 찾아내 재봉틀을 돌렸다. 심지어는 이불 홑청 같은 것도 천을 사다가 직접 만들었다. 그래야 재봉틀이 녹슬지 않고 오래 간다는 것이었다.

일찍 홀몸이 된 할머니는 남의 집 단칸 셋방에서 한복을 만들어 주는 삯바느질로 네 남매를 키웠다. 부지런히 일을 해도 하루 세 끼 꼬박 배를 채우긴 힘들었지만 할머니는 이를 악물고 일을 했다고 한다. 그러니까 재봉틀은 그 때부터 할머니와 함께 늙어 온 셈이다. 그러니 할머니의 애착이 남다를 만도 했다.

아빠도 할머니의 그런 마음을 잘 알고 있었다. 신문팔이까지 하면서 공부를 해야 했던 자신에게 재봉틀은 얼마나 많은 것을 베풀어 주었던가. 그것이 없었다면 지금처럼 행복한 가정을 꾸리지도 못했을 것이다.

하지만 할머니의 건강을 위해서는 다른 도리가 없었다. 할머니가 재봉틀을 멀리하게 해서라도 건강을 되찾도록 하는 수밖에. 아빠는 어떻게 하면 좋을까 하는 생각에 빠져 있었다.

그런 어느 날이었다. 작은아빠가 할머니의 재봉틀을 빌리러 온 것이었다.

"글쎄, 우리 딸애들이 재봉틀이 뭔지도 모르잖아요. 그래서 애 엄마가 아이들한테 재봉틀로 바느질하는 걸 가르치겠다지 뭐예요."

"그래, 요즘은 세탁소나 옷수선점에 맡기지 누가 집에서 재봉틀을 쓰나. 모르는 게 당연하지."

아빠가 얼른 맞장구치면서 재봉틀을 빌려 주자고 할머

니를 설득하기 시작했다. 할머니는 재봉틀을 내주기 싫은지 애들을 데리고 와서 가르치면 되지 않느냐는 둥 말을 둘러대기만 했다. 하지만 작은아빠는 애들과 함께 올 시간이 마땅찮아서 지나는 길에 들렀다며 며칠만 쓰겠노라고 할머니를 졸라댔다.

할머니는 어쩔 수 없었다. 빨리 쓰고 가져오라는 말과 함께 재봉틀을 내줄 수밖에 없었다. 하지만 그날 이후로 재봉틀은 다시 돌아올 수 없었다.

작은아빠는 할머니에게 이 핑계 저 핑계를 대며 돌려 주지 않았다. 아빠가 작은아빠에게 사정 얘기를 하고는 아빠의 허락 없이는 무슨 일이 있더라도 재봉틀을 가져오지 말라고 했기 때문이었다.

할머니는 처음엔 자주 재봉틀을 찾더니 차츰 잊어 가고 있었다. 어쩌면 아빠의 눈속임을 눈치챘는지도 모를 일이었다.

아빠가 지방 출장을 간 그날, 할머니는 갑자기 작은아빠에게 재봉틀을 빨리 가져오라고 했다. 하지만 작은아빠는 또 이런저런 핑계만 둘러대는 것이었다.

하지만 할머니는 막무가내였다. 작은아빠에게 좋은 말로 부탁을 하기도 하고, 무조건 가져오라고 윽박지르기도 했다. 그래도 안 되자 할머니는 직접 재봉틀을 찾으러 작은아빠네 집에 가겠다고 채비까지 하게 되었다.

결국 작은아빠가 손을 드는 수밖에 없었다. 대신 아빠가 돌아오기 전까지만 쓰기로 하고 할머니는 재봉틀을 돌려받았다. 할머니는 다시 돌아온 재봉틀을 매만지며 흐뭇한 표정을 지었다.

그런데 다음날 동네 시장의 포목점에서 여러 종류의 옷감이 배달되어 온 것이었다. 빨강색 비단에 자수를 놓은 것, 색동 무늬가 예쁘게 입혀진 것, 누런 삼베 등 여러 가지 옷감이었다.

나로서는 할머니가 재봉틀을 다시 찾아오고 옷감을 들여놓은 걸 보고는 가슴이 조마조마할 수밖에. 그리고 '도대체 할머니가 무얼 하려는 걸까?' 하는 궁금증이 일어나기도 했다. 이런 심정은 엄마도 마찬가지였을 것이다.

"어머니, 이 많은 걸 다 뭐 하시려고요?"

엄마는 할머니 방에 차곡차곡 쌓아 놓은 옷감을 보고는 깜짝 놀랐다. 아빠가 이 일을 알게 되면 어찌할까 싶어서 걱정스런 표정을 감추질 못했다. 하루 한 번씩 전화를 걸어 오는 아빠에게 비밀로 해야만 했다.

"너는 모른 척하고 있어라, 아범 돌아오기 전에 다 치울 테니."

할머니는 대답 대신 이렇게 말하면서 모처럼 만에 활짝 웃었다.

"송이야, 이리 좀 와 보렴!"

나는 할머니가 부르는 소리에 얼른 할머니 방으로 달려갔다. 할머니는 눈이 침침한지 돋보기 안경을 벗어 놓고는 눈을 부비고 있었다.

"아이고, 눈이 안 봬서 안 되겠구먼. 송이가 며칠만 할매 좀 도와줘야겠다. 자, 바늘에 실 좀 꿰어 주려무나."

나는 실을 받아들고는 재봉틀 바늘에 꿰어 드렸다. 할머니는 내 엉덩이를 토닥이며 좋아하셨다.

"근데 할머니, 저 옷감으로 뭘 만들려는 거예요?"

마침내 나는 꾹꾹 참고 있던 궁금증을 털어놓고 말았다.

"알고 싶냐? 할매가 하도 심심해서 옷을 좀 만들어 보려는 거다. 저 색동천이랑 빨강 비단으로는 송이 한복 한 벌 지어 주고……."

"할머니, 정말이에요? 정말 저 한복 만들어 주실 거예요?"

내가 기분이 좋아서 큰 소리로 묻자, 할머니는 웃으며 고개를 끄덕였다. 사실 몇 년 전에 지어 주신 것은 이젠 너무 작아서 새 한복이 필요했었다.

할머니는 나를 일으켜 세우더니 줄자로 내 몸의 치수를 재기 시작했다. 그리고는 익숙한 솜씨로 천을 자르고는 곧 바느질을 하기 시작했다.

"송이야, 여기 좀 이렇게 잡아당기렴."

할머니는 내게 재봉틀 뒤에서 아래위 두 겹의 천을 당기라고 시키기도 했다.

그날 이후로 온 집안은 탈탈탈 하고 재봉틀 돌아가는 소리로 가득했다.

아빠는 출장 가방도 풀지 않은 채 방에서 나오지 않았다. 가방만 거실 한쪽에 덩그마니 놓여 있었다. 아빠는 화가 많이 난 듯했다. 이따금씩 엄마와 나누는 이야기가 두런두런 하고 들려 왔다.

아빠는 엄마에게 재봉틀을 언제 가져왔는지, 할머니가 언제부터 일을 시작했는지를 묻기도 했다. 그러더니 작은아빠에게 전화를 걸었나 보다. 아빠가 작은아빠를 나무라는 소리가 거실에까지 흘러나왔다.

작은아빠가 내일 아침 재봉틀을 가져가기 위해 오기로 한 것 같다. 나는 할머니가 순순히 아빠의 말에 따를지 어떨지 걱정이 되었다. 할머니가 일을 하지 않는 조건으로 그냥 집에 두는 것도 좋을 텐데. 아끼는 물건을 빼앗기고 나면 할머니의 마음이 얼마나 아플까 하는 생각이 들었다.

아빠 방은 이제 조용해졌다. 오늘은 잘 자라는 뽀뽀도 해주지 않고 벌써 잠이 들었나 보다. 할머니 방에서 탈탈탈 하고 흘러나오는 소리 말고는 쥐 죽은 듯하다. 나도 그만 잘까 하다가 할머니 방으로 갔다.

할머니는 아무렇지도 않은 듯 재봉틀에만 매달려 있었다. 벌써 열흘 넘어 일을 계속해서 그런지 할머니의 얼굴

빛이 좋지 않았다.

할머니는 내 옷뿐 아니라 언니, 그리고 작은아빠네 언니들 옷도 다 만들어 놓은 것 같았다. 눈썰미 좋은 할머니가 치수를 어림잡아 지은 그 한복들은 옷장 속에 차곡차곡 쌓여져 있을 것이다. 그러고도 아직 만들 게 더 있는지 분주하기만 했다.

할머니는 미리 잘라 놓은 누런 삼베에 박음질을 하고 있었다. 나는 재봉틀 뒤쪽에서 천을 잡아당기는 일을 도와드렸다.

"할머니, 이건 뭘 만드는 거예요?"

내 물음에 할머니는 잠시 머뭇거리다가 입을 열었다.

"글쎄 이건 할매가 입을 날개라고나 할까. 하늘나라에서나 입을 수 있는."

"날개요? 그럼 할머니가 천사예요?"

할머니는 내 말이 우스운지 그저 웃기만 했다. 그러더니 긴 한숨을 내쉬면서 혼잣말처럼 중얼거렸다.

"그래, 나도 천사처럼 하늘을 훨훨 날아다녔으면 좋겠구나."

잠시 얼굴을 든 할머니의 두 눈이 촉촉해 보였다. 아등바등거리며 힘들게 살아온 지난날을 떠올리기라도 하는 걸까? 왠지 쓸쓸해 보인다.

"할머닌 천사예요. 두고 보세요, 진짜 천사가 될 테니."

나는 할머니를 조금이라도 위로해 주고 싶었다. 하지만

할머니는 픽 하고 웃어 버리신다.

"이렇게 늙고 뚱뚱한 천사도 다 있다던?"

할머니의 말에 나는 까르르 웃어 버리고 말았다. 하지만 나는 할머니를 천사라고 믿고 싶었다. 사실 할머니만큼 착한 사람이 또 있을까.

언젠가 할머니한테 "할머닌 이 재봉틀이 그렇게도 좋아요?" 하고 물은 적이 있다. 할머니는 잠자코 내 얼굴을 바라보더니 이렇게 말씀하시는 거였다.

"그럼 송이는 이 할매가 늙어서 지저분하고 보기 싫다고 내다 버릴래? 아니면 송이가 못생기고 바보 같다고 다리 밑에 내다 버릴까? 한번 살붙이가 되면 마음대로 그럴 수 없는 거야. 그래서 할매는 번쩍번쩍한 새 것보다 낡고 구식인 이게 더 좋은 거야."

나는 할머니의 마음씨가 참 곱다고 여겨졌다. 빨리 건강해져서 마음껏 재봉틀을 돌릴 수 있기를 바랬다.

이제부터 나는 할머니의 재봉틀을 '천사의 재봉틀'이라고 부르기로 했다.

시간이 얼마나 지났는지, 나는 자꾸 하품이 났다. 할머니는 잠도 없나 보다. 남은 일을 다 끝내고 주무실 거라고 했다. 아마도 내일이면 재봉틀이 작은집으로 실려 갈 거란 사실을 미리 짐작하고 있는가 보다. 그래서 늦더라도 오늘밤 안으로 옷 만드는 일을 다 끝낼 생각인 듯했다.

할머니는 졸리면 먼저 자라고 했지만, 나는 괜찮다고 했다. 탈탈탈 돌아가는 재봉틀 옆에 앉아 천사의 재봉틀을 생각하고 있었다.

뚱뚱한 천사가 탈탈탈 거리는 재봉틀 위에 올라타고는 내 눈앞에서 왔다갔다 한다. 그런데 그 천사는 아직 날개가 없었다. 그래서 재봉틀을 타고 다니는 건가. 불쌍하다고 생각하고 있었는데, 그 천사가 내게로 날아왔다. 할머니였다.

나는 깜짝 놀라 어떻게 된 건지 물으려 했지만 할머니는 웃으면서 하늘로 날아 올라가기 시작했다. 자꾸자꾸 올라가는 할머니가 걱정이 되어 소리쳐 불렀지만 아무런 대답도 없었다. 날개도 없이 저러다 떨어지면 어떻게 하려고. 나는 할머니를 걱정하고 있었다.

그런데 뭔가 이상했다. 어디선가 사람들이 웅성웅성대는 소리가 들려 왔다.

그 순간 내 눈이 번쩍 떠졌다. 그만 잠이 들어 버렸나 보다. 어느새 아침이었다. 주위를 둘러보니 할머니는 어디로 갔는지 보이지 않고 재봉틀만 자리를 지키고 있다. 그 곁에는 할머니가 만들던 삼베옷이 벌써 다 되었는지 곱게 개어져 놓여 있었다.

할머니를 찾아 거실로 나오니 현관 쪽에 동네 아줌마 몇 분이 서성이고 있었다. 엄마는 여행 가방에 옷가지와 세면도구 같은 것들을 주섬주섬 주워 담고 있었다. 웬일인지 엄마는 벌겋게 충혈된 눈이 퉁퉁 부어 있었다. 아빠는 집에 없었다. 할머니도 보이지 않았다. 이상했다.

“엄마, 할머니는?”

엄마는 쉽게 대답하지 못했다. 울먹이는 소리로 간신히 하늘나라로 가셨다고만 했다. 순간 나는 할머니가 내게 했던 말이 떠올라 할머니 방으로 달려 들어갔다.

“엄마, 할머니가 날개를 놔두고 가셨어요.”

엄마는 무슨 말인지 몰라 어리둥절해 하다가 내가 들고 온 할머니의 날개를 받아 펼쳐 보았다. 그것은 할머니가 마지막으로 재봉틀을 돌려 만든 자신의 수의였다.

에세이

다시 계획해야 할 내 고향 문학기행

박덕규

나를 가꾸고 채우는 일 못지않게 날이 갈수록 남에게 베풀거나 가르쳐야 할 것이 많아졌다. 직업이 문필가요, 교수이니 당연하다고 볼 수밖에 없겠는데, 문학을 매개로 베풀고 가르치는 일도 그저 책과 분필만 들고 행할 것이 아니라, 상당한 기획력과 체력까지 갖추어야 한다는 사실을 절감한다.

가령 이름하여 문학기행이다 문화유산답사다 하는 행사에 학생들이나 관련 동호인들을 대동하고 길을 떠날 때면, 사전 계획을 세울 때부터 깊이 관여하면서 미리 다양한 정보를 습득해 두었다가, 여행 가이드처럼은 아니더라도 유효적절하게 몇 마디 말이라도 곁들일 수준은 되어야 교육 효과가 확실해진다. 몇 년 그러다 보니 알려진 유적지나 문학의 산실에는 꽤 다녀 본 편이 되었고, 그런 곳들에 대한 정보도 웬만큼 수집해 두게 되었다.

최근 들어서는 내 문학의 출발지인 '대구'를 남들에게 안내해야겠다는 생각을 부쩍 하게 되었다. 왜 그런지는 모르겠다. 아마도 내가 위대한 작가가 되겠다는 꿈을 붙들고 부지런히 습작하던 옛

날 집(봉덕동에 소재한 그 집은 몇 년 전에 가보니 음식점으로 변해 있었다)을, 마치 내가 그 위대한 작가가 된 듯이 자랑스럽게 소개하고 싶은 어설픈 욕망이 꿈틀댄 탓인지도 모른다.

개인적으로는 대구를 무대로 한 소설 중에 가장 인상 깊게 읽은 『마당깊은 집』(김원일 작)의 작중무대 '장관동' 집을 비롯해, 주인공이 신문팔이를 하면서 돌아다니던 시내 일대며, 덩달아 도심에서는 가장 유서 깊은 곳의 하나인 약전골목 등지를 타지 사람들에게 설명하려는 계획도 세웠다. 그 다음으로는 팔공산 자락으로 접어들어 동화사, 파계사, 갓바위 정도에다 산 반대편의 제2석굴암에 가닿는 정도면, 일박 이일의 대구 기행 일정으로는 가장 무난하지 않을까 하는 생각을 했다.

한데 이번에, 대구에서 성장해서 서울 지역에서 문인으로 활동하는 십여 명과 함께 대구 시민들을 대상으로 한 문학강연을 마친 이튿날, 시청 직원들의 안내로 문학비 순례를 하고 나서 그 계획은 크게 수정되어야 한다는 생각을 하게 되었다.

어릴 때부터 드나들어 잘 알고 있다고 생각한 달성공원 안의 '이상화 시비'만 하더라도, 그것이 한국근대문학 최초의 문학비라는 사실은 알고 있지 않았었다. 동행한 시인 정호승은 고등학교 때 시비 앞에 앉아 2년 선배 박해수(시인)에게 습작시를 보여주고 품평을 듣고는 했다고 했다. 일행들은, 시비의 역사적 의의에 대한 좀더 선명하고 자세한 글을 푯말에 써줄 것을 시에 요청하기도 했고, 입장료를 받지 않는 '도심 속의 공원'으로 거듭난 그곳에서 다양한 문학행사를 베풀고 싶다는 뜻을 밝히기도 했다.

내가 대구를 떠난 뒤 오랜 뒤에 형성된 두류공원 내의 인물동산은 근대사에서 빼어난 인물들의 기념비들이 세워지는 중인데 문학인으로는 현진건, 이상화, 이장희, 백기만 등의 문학비가 벌써 모양 좋게 자리하고 있었다. 전날도 그 일대에서 전국 고교생 백일장이 열리고 있었거니와, 이날도 쉰여 명의 어린 초등학생들이 한 문학비 앞에서 다소곳이 모여앉아 선생님의 말씀을 귀담아 듣고 있는 중이었다.

근대문학에 한정시켜 보아도 이처럼 대구는 찾을 데가 많고, 내가 기억해내거나 다른 이들에게 소개를 받아야 할 곳이 하나둘이 아님을 깨닫고 있다. 당연히, 나에게는 새로운 대구문학기행 계획이 필요하게 되었다. (박덕규 문화점검. 영남일보. 2001. 11. 6.)

기억의 저편, 아름다운 상처에 대한 기록

대담자: 한원균
사　진: 김완준
일　시: 2002. 2. 25. 15:00~18:00
장　소: 김원일 선생 집필실

서울의 도심 강남대로 부근의 김원일 선생님 집필실을 찾아가던 날은 겨울답지 않게 푸근했다. 소설가 박덕규 형이 그려 준 약도를 두어 번 훑어봐야 했지만, 길눈 어둡기로 소문난 나도 찾기가 그리 어렵지는 않았다. 선생님이 자주 가시던, 그리고 가끔 스치듯 뵌 적이 있는 한 맥주집 부근을 중심으로 길목을 그려 보니 더욱 수월했던 것이다. 집필실 입구에서 선생님과 인사를 나누었고, 햇살이 잘 드는 서재를 둘러본 후 선생님과 마주 앉았다. 선생님이 직접 만들어 주신 커피를 한잔 마신 후 메모노트를 열었다.

한원균 선생님, 안녕하십니까? 요즘엔 어떻게 지내시는지요, 최근에 구상 중이시거나 집필 중인 작품은 어떤 게 있는지요?

김원일 예, 최근에 중편소설 하나를 완성했습니다. 「손풍금」이라는 제목이죠. 그리고 화가 피카소를 소재로 한 책을 지금 구상 중에 있습니다. (바둑판 위에 원색 화보로 꾸며진 피카소 화집이 두툼하게 쌓여 있었다) 이것들 보느라고 좀 힘들군요.

한원균 지금 우리가 다시 『마당깊은 집』에 대해서 말하고자 합니다. 편하게 지난 시간을 추억하듯이 이 작품을 대할 수 있었다는 것이 좋았습니다. 독자들에게 우리의 옛 모습을 회상하게 한다는 데 우선 이 작품의 의미가 있는 듯합니다. 제가 며칠 전 경복궁 내에 있는 '한국민속박물관'에 가보니 뜰에 1960, 70년대 도시 주변에 있었던 이발소, 구멍가게, 솜틀집, 연탄가게 등을 그대로 재현해 놓은 세트가 마련되어 있더군요. 저는 그걸 한참 구경했습니다. 저도 1960년대에 태어나서 1970년대 초반에 유년 시절을 보냈거든요. 종로구 창신동의 무허가 산동네였습니다. 그때 10원을 갖고 가서 사먹던 알사탕, 과자 등이 고스란히 재현되어 있었습니다. 이발소 풍경이나, 연탄가게 모습이 재미가 있었지만, 이제 이런 게 박물관에 전시되어 있구나 하는 생각이 들었습니다. 박제된 대상으로 동시대의 경험이 재현되는 일이란 흔치 않은 사건이라는 생각이 들었습니다. 얼마되지 않는 시간 동안 너무나 빨리 변해 버린 거죠. 농경사회, 산업사회, 정보화사회를 두루 경험한다는 것은 아주 드문 일 아닙니까? 이문재 시인은 '농업박물관'이라는 실제 대상을 소재로 시를 쓴 적도 있습니다. 『마당깊은 집』을 읽으면서 가슴아파 오던 느낌은 어쩌면 회한이라고까지 말할 수 있지 않을까 합니다. 사라진 시간에 대한 추억이라고 할까요.

김원일 『마당깊은 집』은 휴전 이후 가난했던 삶을 그린 것입니다. 고통스럽고 어려웠던 시간에 대한 그림이죠. 3분의 2쯤은 실제 사실 그대로를 그렸습니다. 있는 그대로의 역사죠. 특히 어머니의 문제는 사실 그대로입니다. 어머니는 81년도에 고혈압으로 돌아가셨습니다. 어머니 생전에는 어머니에 대한 이야기 자체가 힘들었습니다. 어머니에 대한 원망이나 애증, 즉 현실적인 압박이 매우 컸던 것입니다. 오히려 두렵기까지 했지요. 그런데 어머니가 돌아가시고 나자 이제 어머니에 대한 이야기를 하고 싶어졌습니다. 일종의 거리감 같은 것이 생긴 거지요.

한원균 작품이 쓰여지던 당시는 어땠습니까?

김원일 어머니에 대한 이야기를 해야겠다고 마음먹을 당시 『늘푸른 소나무』를 연재하던 때였어요. 어머니에 대한 기억을 떠올리자 아주 쉬워졌습니다. 낮에는 『늘푸른 소나무』 원고를 쓰고 밤에 『마당깊은 집』을 써 내려간 거죠. 거의 실제 이야기이다 보니 단숨에 써 내려갈 수 있었지요. 소년의 눈으로 바라보던 대구의 정경이나 주변의 환경들을 선명하게 기억해낼 수 있었지요.

한원균 시간이 흐르고 21세기다 뭐다 해서 떠들고 있지만 우리 삶이 달라진 것은 하나도 없다고 봅니다. 여전히 인간적인 가치가 소중하고, 공동체의 문제에서 벗어날 수 없으며, 아름다움이란 무엇인가에 대해서 문학강의실에서는 끊임없이 이야기하고 있습니다. 달라진 것은 외양이지, 삶을 인식하는 방법은 비슷한 것 아닌가요? 『마당깊은 집』의 힘은 우리를 추억에 젖게 한다는 점도 있지만, 그 추억으로부터 우리의 상실감을 아프게 자극한다는 데서 비롯되지 않은가 합니다.

김원일 전쟁을 겪어낸 가난했던 시절 이야기 아닙니까? 그것도 소년의 눈으로 바라보는……. 최근에 소개되었던 이란의 영화 중에도 이런 모습이 보이지요. 소년 시절의 가족붕괴 체험이 고스란히 보이는데요. 어쩌면 어려움을 극복하면서 한 시절을 보내 온 소년을 통해 어떤 교훈적인 의미마저 보이지 않을까 합니다.

한원균 서울 출신인 저로서는 한가지 컴플렉스가 있습니다. 대도시도 좋겠죠. 대도시 출신으로 좋은 작가, 시인은 드물다는 것이지요. 잘해야 평론가가 되는 거지요. 체험의 폭이랄까. 경험 세계의 소설화라는 점에서 볼 때 선생님의 경우는 어떠했는지요?

김원일 네, 맞아요. 어린 시절과 초등학교는 시골에서 나오고, 중고등학교는 읍내에서 다니고, 대학은 서울이나 대도시를 다닌 작가들은 행복하다고들 하지요. 농경사회와 도시를 두루 경험한다는 점에서 그렇지요. 작가에게 그런 경험은 소중하지 않습니까? 이청준이나 이문구 같은 분들에게 그런 점은 매우 중요하게 작용한다고 봅니다. 최인호 같은 분에게 농경사회의 모습을 온전하게 그려내길 바라는 게 어려운 것처럼 말입니다. 이 작품은 고향을 떠나서 대구라는 도시를 경험하는 이야기이죠. 그런 의미에서 내 경험과 소설 쓰기는 상관성이 짙다고 할 수 있습니다.

한원균 저는 이 소설을 다시 정독하면서 잔잔한 감동을 받았습니다. 특히 길남이가 신문사 뒷마당에서, 자신을 찾아온 선례누나와

이야기하는 대목이라든가, 대구역 대합실에서 잠들던 모습, 혹은 쓰레기통을 뒤져 꽁꽁 언 국수가락을 집어내는 장면 등이 인상적인데요, 뿐만 아니라, 당시의 시대적 상황, 가령, 신문기사 등이 소개되기도 합니다. 소설적 리얼리티의 확보라는 점에서 이 작품은 성공을 거두고 있습니다. 이 작품의 경우 기억(체험)과 자료의 힘이 모두 작용하고 있는 것 같습니다. 기억을 재구성하는 데 자료는 어떻게 필요했으며, 어떤 방향으로 작용했는지요?

김원일 오히려 내가 상상으로 만들어낸 부분에서 감동을 받으셨군요. (웃음) 이 작품의 60~70%는 사실입니다. 마당깊은 집에 살던 식구들 가운데 주인집 이야기는 정말입니다. 주인은 같고, 아래채에 사는 사람들이 조금 다른데요. 아래채에 세 가구가 살고 있었습니다. 한 가구는 주인집 아들로 생각되는 사람이 살았습니다. 아마 그는 장애인이었던 것으로 기억합니다. 곱사등이었습니다. 그리고 옆에 개성댁이 살았고, 그 옆이 우리집이었습니다. 사실 소설과 달리 그 해 5월에 중학교에 입학을 했지요. 그런데 제 성격이 당시에는 매우 우울했고 자폐적이기까지 했습니다. 시대적인 환경탓도 있었겠지만 어머니의 영향이 컸다고 봅니다. 어쩌면 이 소설은 어머니가 나를 키운 이야기일 겁니다. 나는 집에서 벗어날 수 없는 삶을 살았던 겁니다. 감히 어머니를 거역하거나 그곳으로부터 탈출할 수 없었지요. 그 경험의 힘이랄까, 기억으로부터 벗어나던 시점에서 이 소설이 이루어진 것이지요.

한원균 문학이 역사보다 더 역사적이라는 말도 있지만, 이 작품은 한국전쟁 직후의 우리들의 삶에 대해서 매우 정밀하게 보여주고 있습니다. 정치의 논리와 문학의 논리라는 관점에서 나누어 보자면, 어떤 정치체제가 들어서느냐와 관계 없이 삶은 지속되어야 하겠지요. 일종의 근대적 가치 중립성이라는 말인데요. 당대는 이념적 구획이 분명하던 시대라, 생존의 논리는 철저하게 선험적인 이념에 의해 이미 울타리가 그어져 있지 않았습니까? 그런 의미에서 이 작품은 오늘날의 관점에서 보더라도 '밖이 없는 삶'이 그려지고 있습니다. 이념적 금기에 반응하는 삶이 정태라는 인물을 통해 그려지고 있습니다. 아버지의 부재 역시 이념적 문제와 관련 있지 않습니까? 더욱이 평론가 우찬제 씨의 설명대로 이 소설에서는 서술하는 자아와 경험하는 자아가 분리되어 있습니다. 그 거리가 가깝기는 해도, 자신을 타자화하는 데 따르는 고통도 동반되었다고 생각합니다. 기억과 회상이라는 면에서 선생님의 부친 이야기는 어떻게 소설화될 수 있었는지요?

김원일 이 소설을 쓰겠다고 생각하던 때에는 이념의 문제는 고려하지 않았습니다. 다만 아버지가 없는, 아버지의 부재와 그로부터 파생되는 결손과 가족구조의 해체, 그리고 생존의 문제를 다루고자 했지요. 아버지의 존재는 갈망과 금기를 모두 안고 있는 대상이었습니다. 아버지가 필요했지만 사상적인 문제를 갖고 있지 않습니까? 아버지로부터 받은 상처가 깊었고, 따라서 사상적인 문제에 매달리는 게 싫었습니다. 그러나 1970년대 민청학련 사건부터 이념의 문제가 어느덧 내 소설에 개입되기 시작했죠. 물론 작가로서 이념의 문제에 접근한다는 것은 실감이나 체험의 영역, 구체적인 것이 뒷받침이 있어야 하겠지요. 「어둠의 혼」 등에서 나는 분단 문제에 대해서 분석적·이론적으로 접근하지 않았습니다. 그건 평론가들의 몫이구요. 나는 물론 공산세계에서 작가가 된다는 것을 생각하지 않았습니다. 강요된 세계, 획일적으로 통제된 분위기에서 작가가 된다는 것은 체질적으로 맞지 않았지요. 진보냐 보수냐 하는 이분법으로 물어 오자면 나는 오히려 보수에 더 가깝지 않나 합니다.

이 대목에서 그의 아버지에 대한 기억이 그의 소설과 갖는 관계를 엿볼 수 있는 기록을 잠시 살펴본다.

아버지의 행적이 그쯤으로써 나의 삶과 무관해져 버렸다면 나는 당시에 대하여 더 깊이 생각할 무엇을 갖지 못했을 것이다. 나는 나 자신을 위해서도 당신을 미화시킬 필요가, 당신을 한 인간으로 완성시켜야겠다고 마음 가질 어떤 타당성도 발견할 수 없었기 때문이다. 〔……〕 내가 아버지 생애의 풀지 못하는 의문은 그 시절부터 시작이라고 보아야 할 것이다. 당신이 어떤 과정을 통하여 생의 목적을 수정했는지, 아니면 그 무엇을 깊이 감춘 채 더러운 치욕의 세월을 소일삼아 탕진했는지 알 수 없지만, 광복의 시점부터 당신의 삶은 분명 거듭 태어남이었다. 집을 버리기는 마찬가지였지만, 아버지는 돌연 군내 지식인의 사두가 되더니 생사를 초월한 과격하고 열렬한 민족주의자가 되었다. 나의 문학은 그 변신에서부터 출발하여, 그때부터 보여 온 또 다른 의미의 이중성을 풀어 보기 위해 당신에게 끊임없는 질문을 되풀이함으로써 길을 열었다(김원일, 「죽음, 태어남, 고향」, 『소설문학』 1985. 6.), 류보선, 「어둠에서 제전으로, 비극에서 비극성으로」, 『작가세계』, 1991. 여름, 재인용)

한원균 어린 소년의 시점에서 '더러운 세월'을 견뎌 가는 과정을 그렸다는 점에서 이 소설은 성장소설, 입사적 성격을 갖고 있습니다. 김주연 선생님은 이 점에서 '대가적 면모를 보였다'고 말씀하셨는데, 서정성과 객관성의 확보가 이를 뒷받침한다고 했습니다. 저는 이를 조금 바꾸어서 좀더 넓은 시각의 확보, 역사의식의 확보라는 말로 이해하고 싶은데요. 김윤식 교수의 말대로 유년기 전쟁체험 세대가 바라보는 분단 극복의 문제에 대해서 듣고 싶은 것입니다. 이때 전쟁이란 기아, 허기, 우울, 권태라는 말로 다르게 불리지 않겠습니까? 이런 보편적 느낌을 분단의 문제라는 개별적인 상황에 어떻게 적용할 수 있는지요.

김원일 아버지의 부재로부터 파생된 현실적인 고통에 대해서는 이미 작품에서도 드러나 있지요. 이념의 문제보다는 이 문제가 더 크게 다가온 것이 사실이었으니까요. 제 경우 『불의 제전』으로 분단 문제는 끝났다고 봅니다. 이미 좌우 비판이 다 끝난 셈이죠. 좌우에 대한 비판은 제 인생관을 형성하는 중요한 축이기도 합니다. 1980년대 민중, 분단 문제가 1980년대 말 동구권의 해체, 소련의 붕괴, 독일의 통일 등으로 금방 휘발되어 버리지 않았습니까? 1990년대 들어서 나타난 사소한 일상의 문제, 여성작가들의 등장, 거대담론의 해체를 경험했지만, 여전히 우리에게는 분단이라는 모순, 현실적인 문제가 남아 있지요. 군축 문제를 포함한 여러 가지 어려움이 있지 않아요? 말이 났으니 말이지만, 현정부 들어서 여러 가지 정책이 시도되었지만 햇빛정책만큼은 중요하다고 봅니다. 지속적으로 추진되어야 할 것이고, 일관성이 따라야 합니다. 통일을 위해서 필요한 대북정책입니다.

한원균 저는 준호아버지라는 인물에 관심이 갔습니다. 제가 어릴 때도 많이 보던 상이군인이기도 했지요, 저는 항상 무서웠거든요. 그런데 이 소설에서는 그렇지 않았습니다. 학교 교사 출신이면서 장교였던 그 인물이 갖는 의외의 차분함과 논리성, 즉 반공을 수용할 수밖에 없지만 정치적 후진성이 문제라는 발언이죠, 그 논리적인 힘이 당대 상황에서 가능했을까 하는 의문이 드는 것도 사실입니다. 실존의 인물이라고 하셨지만 어떤 작가적 감각이 개입된 것은 아닌가 하는 점이죠.

김원일 예, 무서웠죠. 어릴 때 보던 상이군인들이 의수를 보이면 쌀을 퍼다 주고 물건을 구입해야 했던 시절이 있었지요. 그런데 사실 나는 준호아버지에게 개인적으로 깊은 친근감이 갔습니다. 분단되고 총을 겨누고 대치하고 있지만, 그래서 현실적으로는 반공

“어쩌면 이 소설은 어머니가 나를 키운 이야기일 겁니다. 나는 집에서 벗어날 수 없는 삶을 살았던 겁니다. 감히 어머니를 거역하거나 그곳으로부터 탈출할 수 없었지요. 그 경험의 힘이랄까, 기억으로부터 벗어나던 시점에서 이 소설이 이루어진 것이지요.”

"『마당깊은 집』을 읽으면서 가슴아파 오던 느낌은 어쩌면 회한이라고까지 말할 수 있지 않을까 합니다. 사라진 시간에 대한 추억이라고 할까요."

을 수용할 수밖에 없었지만, 그래도 남한의 정치가 얼마나 문제가 많았습니까? 그가 체험한 불행은 더 이상 그만의 것은 아니라는 점에서 문제적인 인물의 범주에 든다고 볼 수 있지요. 준호 아버지의 모습을 통해서 저는 불행한 삶의 전형을 보이고자 했어요. 그런 의미에서 그에 대한 소설적 애정은 크다고 봅니다.

한원균 앞에서도 말씀드렸지만, 이 작품에서 어머니의 존재가 매우 무게감 있습니다. 아버지의 역할을 대신하고 있는 어머니이지만, 실상은 가짜 아버지이며, 어머니란 소년 길남에게는 이중의 고통을 떠안기고 있는 존재이지요. 아버지 되기를 강요하는 어머니, 그러면서 모성적 따뜻함을 상실한 듯한 어머니의 모습이 그려지는데, 어머니와 관련된 아픔이나 기억들에 대해서 조금 더 말씀해 주시지요.

김원일 어머니는 당시 애정 결핍의 상태에 있었다고 봅니다. 남편도 없고 험난한 현실을 이기면서 자식을 키워야 했던 어머니가 이제는 선명하게 이해가 됩니다. 유산도 없지요, 얼마나 어려웠겠습니까. 사실 어머니는 아주 엄격한 유교적인 분위기에서 자랐습니다. 우리에게 엄격했던 것도 그런 영향이 작용했을 겁니다. 저에 대한 어머니의 심정은 일종의 한풀이였을지도 모릅니다. 남편 같은 자식을 만들지 않기 위해서요. 실제로 당시의 현실 문제, 사상 문제에 대해서 관심을 못 갖게 하셨지요. 아들을 강하게 키워야 아버지처럼 되지 않는다고 말씀하셨지요. 특히 장남인 저에게는 더했지요. 그 마당깊은 집이 있었던 골목을 여러 차례 이사 다녔는데, 어머니는 계약을 하거나 할 때 항상 저를 데리고 다녔습니다. 어린 제가 뭘 알았겠어요. 그래도 그게 경험이라고 어머니는 언제나 저를 입회시켰어요. 소설에는 다 쓰지 않았지만, 실제 맞기도 무지하게 맞았습니다. 숯포대라는 게 있는데, 그걸로 맞으면 무지하게 아프지요. 내 동생 원우가 『김원일 깊이 읽기』에서 가족, 특히 어머니에 대한 부분을 회고하는 글을 넘겼다는데, 쓰면서 많이 울었다고 고백하기도 했어요. 결혼한 후에도 나는 데려온 자식이 아닌가 하는 의심에서 놓여나지 못할 정도였지요.

어머니에 대한 고백을 좀더 들어본다.

중고등학교를 다닌 시절은 무슨 악몽과 같이 되떠올려진다. 가난하게 자란 어린 시절과, 시어머니와 남편으로부터 받은 소외감과 전쟁으로 겪은 고생 탓에 어머니는 모진 여자로 변해, 자식을 매질로 키웠다. 특히 장남인 나는 일 주일이 멀다 하고 숯포대 회초리로 온몸에 핏줄이 서게 맞아, 나는 고등학교를 졸업할 때까지 '데려온 자식'이 아닐까 생각하기도 했었다. 근검절약이 어머니의 생활신조였으므로 감투밥 한 그릇 푸짐하게 먹어 보지 못했고, 고등학교를 졸업할 때까지 그 맛있다는 자장면조차 구경한 기억이 없다. 단칸방 생활은 내가 대학을 졸업할 때까지 이어졌는데, 어머니는 자정까지 틀을 돌렸다. 그 동안 우리 형제들은 잠을 자지 못했고, 졸기라도 하면 옷감 재는 자가 사정없이 어깻죽지나 정수리에 떨어졌다 〔……〕 나는 삶이 괴로웠다. 그래서 태어나지 않은 상태나 빨리 늙어 노인이 되기를 원했다. 노인이 되면 장남으로서의 의무도 벗고 죽는 날만 기다리며 일을 하지 않아도 아무 사람 눈흘기지 않으리라 생각했던 것이다. 가진 자나 행복해 보이는 자를 이유 없이 증오했다. (김원일, 『사랑하는 자는 괴로움을 안다』, 문이당(1991), 류보선, 앞의 글, 재인용)

■ 이 대담이 있은 이후에 『김원일 깊이 읽기』(문학과지성사)가 출간되었다. 작가가 말한 아우 김원우 작가의 글에서 한 대목 빌려 온다. —편집자 주

그런데 지금 생각해도 참으로 이상하고, 도저히 이해할 수 없는 장면은 유독 형님에게만 닦달질을, 그것도 거의 초죽음이 되도록 퍼부어대던 우리 어머니의 모진 매질이다. 〔……〕 누구도 믿기지 않겠지만 가죽 허리띠로 어쩌자는 것인지 당신의 맏자식 목을 조르는 경우도 비일비재했다. 요컨대 사람이 되라는, 남편 복 없는 년이 자식복이나 있겠냐면서 과부 에미를 뭘로 아느냐는 그런 폭력 행사는 형님이 고등학교에 다닐 때까지도 걸핏하면 벌어졌다.

한원균 최근의 소설은 서사성의 부재로 요약되는 면이 있습니다. 서사란 일종의 거울 같은 것이어서 동시대 삶을 반성하게 하거나 삶을 풍요롭게 하는 의미를 지니지 않습니까? 그런 의미에서『마당 깊은 집』은 비판적인 거울로 작용하고 있다고 보여집니다. 선생님의 작품은 여전히 전쟁과 분단이라는 문제에서 그리 멀리 벗어나지 않았다고 봅니다.「마음의 감옥」을 인상 깊게 읽었지요. 김윤식 교수가 얼마 전 '한국사회는 더 이상 주인과 노예의 승인운동이 사라진 것인가' 라는 질문을 던졌습니다. 소설의 과제에 이를 적용했을 때 여전히 존재하고 있는 모순이랄까, 문제의식에 관련된 것인데, 우리 시대의 소설적 과제라는 점에서 90년대 이후의 작품들은 치열한 현실인식의 부족함을 드러냈다고 보는데요, 선생님 개인적인 지향점뿐 아니라, 우리 시대 소설은 어떻게 쓰여져야 한다고 생각하십니까?

김원일 「손풍금」이라는 소설 이야기를 좀 해야겠네요. 해방공간의 이야기입니다. 지금까지 해방공간, 특히 북한 쪽의 이야기는 거의 없었지요. 팔순의 노인의 회상으로 이야기가 엮어집니다. 손자가 발견한 할아버지의 노트가 소설의 발단입니다. 할아버지는 나중에 이 기록이 발견되고 누군가에게 읽힐 때 검열까지 생각할 정도로 세심하게 자신의 삶을 기록한 거죠. 당시 북한의 삶에 대한 소설적 확보를 시도한 셈이죠. 군사정권에서는 발표할 엄두도 못낼 작품입니다. 분단 문제에 대한 일단락은 지었지만 이 소설 또한 흥미롭게 읽힐 요소를 지니고 있습니다.

한원균 선생님의 작품 세계 자체가 이미 우리 문단에서 하나의 거울로 서 있다고 생각되는군요. 『마당깊은 집』은 단순히 가난했던 시절의 고통스러운 회상이 아니라, 사라졌지만, 그리고 절망과 좌절로 얼룩진 시간이었지만, 그 속에서도 희망을 잃지 않으려는 몸부림과 따뜻함을 간직하고 살아가려는 많은 사람들의 모습을 그렸다는 점에서, 그 아름다운 상처가 여전히 우리에게 감동의 한자락을 펼쳐 보이는 게 아닌가 합니다.

이렇게 시간을 내주셔서 감사합니다.

김원일 감사합니다.

대담을 마치고, 사진을 찍어 준 소설가 김완준 씨와 함께 새로 발표할 「손풍금」에 대한 이야기를 좀더 나누었다. 그리고 일어서려는 필자에게 선생님은 "아까 바둑 좀 둔다고 했지요? 한 수만 하고 가지요" 하셨다. 사실 문학 이야기도 그렇지만 수담의 즐거움도 만만치 않았다. 한 판을 두고 창 밖을 보니 땅거미가 이미 내려앉았다.